AF197259

BERNHARD J. MATHIUET

DEN ERSTEN STEIN

www.tredition.de

© 2020 Bernhard J. Mathiuet
Umschlaggestaltung: Bernhard J. Mathiuet
Verlag und Druck: tredition GmbH, Halenreie 42, 22359 Hamburg

978-3-347-06710-3 (Paperback)
978-3-347-06711-0 (Hardcover)
978-3-347-06712-7 (e-Book)

Das Werk, einschließlich seiner Teile, ist urheberrechtlich geschützt. Jede Verwertung ist ohne Zustimmung des Verlages und des Autors unzulässig. Dies gilt insbesondere für die elektronische oder sonstige Vervielfältigung, Übersetzung, Verbreitung und öffentliche Zugänglichmachung.

Bibliografische Information der Deutschen Nationalbibliothek: Die Deutsche Nationalbibliothek verzeichnet diese Publikation in der Deutschen Nationalbibliografie; detaillierte bibliografische Daten sind im Internet über http://dnb.d-nb.de abrufbar.

Er nahm den faustgroßen Stein in seine rechte Hand, wog ihn kurz ab, zielte und warf ihn mit aller Kraft. Die Schädelknochen knackten, der Körper brach zusammen.

Beim Weggehen hörte er hinter sich, durch das Geschrei der Männer hindurch, noch Dutzende dumpfer Einschläge in den leblosen Körper.

Azoka, das Dorf mit etwas weniger als tausend Einwohnern erwachte wieder einmal in einen tristen Morgen hinein. Seine Tage verkamen seit langem in kleinen Schritten, mit einem eigenen Rhythmus. Die Hauptstadt, die Provinzstädtchen und die großen Dörfer an den wichtigsten Straßen waren inzwischen – dank Reformen, Fortschritt und Freiheit – kurz aufgeblüht und hatten Wohlstand genossen, nur um gleich wieder durch Aufruhren, Krieg und Zerstörung in tiefstes Elend zu fallen. Bis jetzt hatten diese drastischen Veränderungen Azoka nicht berührt. Der Rhythmus seines Aufstiegs und Niedergangs wurde von der Natur bestimmt und von den Entscheidungen der Menschen, die ihr gehorchen mussten, wenn sie überleben wollten.

Außerdem hielten die Männer des Dorfes die großen nationalen und internationalen Auseinandersetzungen fern, indem sie – meist unfreiwillig – auswärts kämpften und danach weiser zurückkehrten, weil sie gelernt hatten, was man für ein gutes Leben braucht und – vor allem – was man nicht braucht.

Einer dieser Männer war Atal Ziam. Sein Opfer, als er in den Krieg musste, war groß, denn er ließ seine geliebte Frau Erieel und seine achtjährigen Zwillingskinder Nischii und Baz zurück. Vier Jahre lang sehnte er sich nach ihnen, nach seinem Hof, den Tieren und dem Dorf. Aber er kehrte mit einem reichen Schatz heim. Niemand fragte Atal selber, was ihn so stark verwandelt hatte, doch unter sich erwähnten die Leute, wie sehr sie sein Mut, seine innere Kraft und sein würdevoller, gefasster Blick beeindruckte, vor allem aber seine Weisheit, seine guten Ratschläge und seine Fähigkeit, die Leute des Dorfes in einer solidarischen Gemeinschaft zu vereinen. Die meisten schätzten diese Gabe besonders, weil einige Bewohner in letzter Zeit unter einem gefährlichen Fanatismus-Fieber litten, welches den Frieden der Dorfgemeinde zu zerstören drohte. Im

Gemeinderat erhielten Atals Worte deshalb große Aufmerksamkeit und wogen viel.

An jenem Tag wollten sich die Männer mit der Hoffnung versammeln, eine rettende Lösung für ein ständig wachsendes Problem zu finden, welches den Untergang des Dorfes herbeiführen könnte. Nachdem Atal zu Hause das Wichtigste erledigt hatte, fragte er seine Frau:

»Erieel, brauchst du Hilfe bei den Ziegen?«

»Nur kurz, um die Mutter mit dem Neugeborenen vom Rest der Herde zu trennen.«

»Gut. Ich schicke dir Nischii, denn ich muss jetzt gehen. Tschüss.«

Gerade als Atal das Haus verlassen wollte, kam sein Sohn Baz.

»Papa, Nischii hat geflucht. Soll ich sie schlagen?«

»Nur wenn du noch nie geflucht hast. Baz, du bist jetzt fünfzehn und solltest wissen, dass der Stärkere die Aufgabe hat, die Seinen zu schützen, nicht sie zu misshandeln.«

»Ja Papa, aber wenn jetzt niemand sie für ihre Sünden bestraft, wird Gott es tun, wenn sie stirbt.«

»Die Leute sagen, Gott sei barmherzig. Schick Nischii zu mir. Ich werde mit ihr reden.«

»Nischii, meine Liebe, hast du geflucht?«

»Nein Papa! Ich habe Baz nur „Dummkopf" genannt, weil er mich ausgelacht hat und „Dummkopf" ist kein Schimpfwort und keine Gotteslästerung.«

»Nein mein Kind. Aber du wirst auch nicht klüger, indem du andere Dummkopf nennst. Hilf jetzt noch schnell Mama mit den Ziegen, bevor du zur Schule gehst. Ich werde in der Gemeindeversammlung erwartet.«

Die Versammlung hatte sehr lange gedauert und als Atal nach Hause kam, stand schon das Abendessen bereit. Sie setzten sich und Erieel fragte:

»Worüber habt ihr so lange gesprochen?«

»Über das Wasser. Es kommt immer weniger. Sie sagen, dass wir alle die meisten Tiere in weniger als einem Jahr verkaufen müssen, wenn es so weiter geht und viele werden sogar auswandern müssen. Schlimmstenfalls versiegt die Quelle in fünf bis zehn Jahren ganz. Dann wird hier niemand mehr leben können.«

»Aber wie sollen wir durchkommen, ohne Ziegen, Papa?« fragte Baz.

»Ich weiß es nicht, mein Sohn, noch weiß ich es nicht.«

Nischii fragte:

»Und warum zapfen wir nicht die Quelle hinter dem Berg Kunar an?«

»Weil es nicht geht. Wir hatten schon lange daran gedacht und zwei Jahre bevor ihr zur Welt kamt, brachten wir sogar einen Ingenieur aus der Stadt. Er sagte, es sei unmöglich, das Wasser über den Berg ins Dorf zu bringen. Oder willst du es etwa auf deinen Schultern hertragen?«

»Nein Papa«, antwortete Nischii, aber das Thema ging ihr nicht mehr aus dem Kopf. In der Nacht konnte sie nicht einschlafen.

»Es ist eine schöne und üppige Quelle«, sagte sie zu sich selber, »mit mehr als genug Wasser fürs ganze Dorf, und alles geht verloren, weil es gleich wieder in der Erde verschwindet. Das darf nicht sein!«

Stundenlang drehten sich ihre Gedanken um das Thema. Sie erinnerte sich an die Formen der Landschaft, in der sie die Ziegen schon so oft mit ihrem Vater und ihrem Bruder weiden ließ. Sie stellte sich dutzende Techniken vor, wie man das Wasser die zweihundert Meter hohe senkrechte Felswand hoch bis zur Bergspitze hieven könnte, um es auf der anderen Seite runter ins Dorf zu lassen. Keine konnte funktionieren und ein Tunnel durch den Berg war auch nicht machbar. Schließlich sah sie sich mit einem Krug voll Wasser auf der Schulter von der Quelle aus nach Hause gehen. Da fiel ihr plötzlich eine Möglichkeit ein. Nischii ließ sich die neue Idee mehrmals durch den Kopf gehen, bis sie einschlief.

Beim Frühstück sagte sie:

»Heute haben wir keine Schule. Papa, wir könnten mit den Ziegen an einen Ort gehen, den ich dir zeigen möchte. Sie können unterwegs fressen und wenn wir da sind, haben sie auch noch Zeit zu weiden.«

»An welchen Ort denkst du?«

»Es ist eine Überraschung, aber es wird dir gefallen.«

»Erieel, kommst du auch?« fragte Atal. »Wir sind schon lange nicht mehr zusammen spazieren gegangen.«

»Ja, gern. Wir könnten das Essen mitnehmen, damit wir nicht so bald wieder nach Hause müssen.«

»Das ist eine gute Idee«, meinte Nischii. »Ich hole den Korb und helfe dir beim Vorbereiten.«

Zuerst gingen sie ein Stück geradewegs steil hinauf Richtung Gipfel. Auf halber Höhe führte Nischii sie dann mehrere Kilometer am Abhang entlang ostwärts, bis zu einem Pass, von wo aus sie die nördliche Ebene überblicken konnten. Nun bogen sie nach links ab und wanderten weiter, um den Berg Kunar herum Richtung Westen. Nach viereinhalb Stunden erreichten sie die Quelle.

»*Voilà*. Da sind wir«, sagte Nischii.

»Und, was willst du hier? Soll das ein Witz sein?« fragte Atal.

»Wie sind wir gekommen?«

»Normal, langsam. Warum fragst du?«

»Wie sind wir gekommen?« insistierte Nischii.

»Langsam aufwärts…«

»Immer aufwärts?«

»Ja, natürlich.«

»Ohne einmal abwärts zu gehen?«

»Ja.«

»Und wie gehen wir nachher heim?«

»Abwärts natürlich. Was zum Teu…«

»Immer abwärts, wie das Wasser?«

»Nischii! Das ist genial! Wie bist du nur darauf gekommen?«

»Was habt ihr denn bloß?« fragte Erieel.

»Wir werden einen Kanal bauen!« antwortete Atal ganz aufgeregt.

Baz hörte still zu und versuchte dabei, seine Unzufriedenheit zu verbergen.

»Wieder einmal darf sie die Kluge sein… und ich hab nichts zu sagen…« murmelte er in sich hinein. »Ich liebe sie, ja bewundere sie sogar und bin stolz darauf, dass sie meine Schwester ist. Aber warum muss ich immer der Dumme in der Familie sein? Sie ist die Beste der ganzen Schule und ich gehöre zum letzten Haufen…«

»Das Essen ist bereit«, rief Erieel. Sie hatte das Tischtuch und die Speisen so ausgelegt, dass die vier sich im Halbkreis setzen und beim Essen die Aussicht ins Tal genießen konnten. Die Wanderung hatte ihren Hunger angeregt und die Frauen genossen das Picknick. Aber Baz würgte mehr an seiner Eifersucht als am Essen und Atal kaute sehr langsam mit verklärtem Blick in die nördliche Leere.

»Was ist los? Habt ihr keinen Hunger?«

Atal antwortete:

»Doch, aber ich denke gerade etwas…«

»Kommt, esst jetzt und danach können wir denken und das Thema besprechen«, befahl Erieel.

Als sie fertig waren, sagte Atal:

»Es gibt zwei Probleme. Das erste ist, dass die Quelle im Winter einfriert und dann werden wir wieder kein Wasser haben. Ich hab gedacht, man könnte im Dorf ein großes Reservoir bauen, aber das reicht auch nicht weit.«

Alle vier betrachteten die Quelle. Das Wasser sprudelte etwa eineinhalb Meter über dem Boden aus der Felswand, fiel in einen kleinen Teich und verschwand in zwei Metern Entfernung wieder in einem Loch im Boden. Nischii fragte:

»Und wie wär's, wenn wir das Wasser mit einem Rohr in der Felswand abfassen würden, das wir irgendwie vor der Kälte schützen?«

»Ich weiß nicht… die Idee überzeugt mich nicht«, antwortete der Vater.

Baz dachte an die Kälte, die im Winter herrschte und dabei kam ihm die Erinnerung, wie gut er sich einmal direkt unter der Kuppel fühlte, als er half, den Tempel zu reparieren. Da oben, unter der Wölbung, war es angenehm warm im Vergleich mit der eisigen Kälte auf dem Boden.

»Man könnte eine halbe Kuppel über die Quelle bauen und sie mit einem oder zwei Metern Erde zudecken«, sagte er.

»Das ist es! Bravo!« rief Atal aus. »Was für Genies ihr doch seid! Eigentlich solltet ihr Ingenieure werden.«

Nischii und Baz schauten sich zufrieden an, legten sich gegenseitig die Arme auf die Schultern und verneigten sich, während Baz sagte:

»Meine Damen und Herren, wir stellen Ihnen die Ingenieurgesellschaft „Baznisch" vor.«

Nach dem Gelächter fragte Nischii:

»Und was ist das andere Problem?«

»Wir können nicht sagen, dass es deine Idee war, Nischii. Im Dorf gibt es sehr traditionelle Leute mit alter Mentalität. Sie würden sagen, dass das niemals funktionieren könne, nur weil es einer Frau eingefallen ist und dazu noch einem so jungen Mädchen. Wir werden erzählen, dass es meine Idee war und später, wenn das Projekt fertig ist, werden wir die Wahrheit sagen.«

»Sehr gut«, antwortete Nischii unbekümmert.

»Mit der Idee der Kuppel kannst du dasselbe machen«, fügte Baz solidarisch hinzu.

Kaum waren sie am Abend zu Hause angekommen, ging Atal ins Dorf, um den Gemeinderat zusammenzurufen.

»Morgen früh müssen wir uns versammeln. Ich muss euch etwas ganz Wichtiges zeigen. Bringt etwas zu essen mit, wir werden einen schönen Ausflug machen.«

Früh am nächsten Morgen machten sich die Männer – mit Baz neben seinem Vater – auf den Weg. Zu Ehren Nischiis und weil es eine perfekte und überzeugende Inszenierung gewesen war, wiederholte Atal alles genau, wie sie es gemacht hatte. Und um Baz zu ehren, erwähnte er das Problem mit der Kälte nicht. Er wartete, bis einer der Männer darauf hinwies, dann sagte er:

»Baz, du bist dran. Erklär ihnen, welches deine Idee war.«

Die Männer hörten zu und dann sagte Chokhi:

»Das ist auch perfekt. Stimmen wir gleich ab. Wer ist für die Durchführung dieses Projekts?«

Alle stimmten begeistert dafür.

Auf dem Heimweg gingen die Männer zu zweit und in kleinen Gruppen, während sie eifrig über Einzelheiten der verschiedenen Arbeiten, über die Tiefe, die der Kanal haben muss, um im Winter nicht einzufrieren, über die Kosten usw. diskutierten.

Einer der Männer näherte sich Baz und fragte:

»Baz, kennst du unseren Ehrencode?«

»Ja.«

»Und bist du bereit, nach ihm zu leben?«

»Jawohl!«

»Ich frage dich, weil du trotz deiner Jugend bewiesen hast, dass du viel taugst. Deshalb könnten wir bald dein Übergangsritual zum Mann feiern, damit du auch in den Gemeinderat kannst.«

»Ich glaube, das hat noch Zeit, bis die Arbeiten abgeschlossen sind und wir sehen, ob das Projekt auch wirklich funktioniert«, sagte Atal, denn seiner Meinung nach fehlte Baz noch etwas Reife und Stärke zum Mann.

Sie rechneten mit einem Jahr für das ganze Projekt. Von den sechzehn Kilometern des Kanals konnte ihres

Erachtens nur ungefähr ein Drittel mit Maschinen ausgehoben werden. Der Rest war hartes Pickeln und Schaufeln. Dafür bildeten sie zehn Teams zu zwölf Männern für die Arbeit direkt am Kanal, mit den stärksten für die steilsten und schwierigsten Zonen. Die übrigen Männer kümmerten sich um Planung und Gestaltung die einen, sowie um den Materialtransport mit Hilfe von Pferden und Maultieren die anderen. Die Frauen organisierten sich untereinander, um alle mit Essen und Trinken zu versorgen.

Das Bauunternehmen, bei dem sie den Bagger bestellten, hatte soeben ein neueres Modell gekauft, mit dem man unvorhergesehenen Zugang zu einigen steileren Zonen hatte. Dies, sowie die Begeisterung, mit der alle arbeiteten, half, dass das Projekt schon nach acht Monaten fertig war. Die Natur kam ihnen auch mit vielen Schieferplatten zu Hilfe, die fast auf der ganzen Länge des Kanals verteilt lagen und mit denen sie den Boden, die Wände und die Decke des Kanals bauen konnten.

In die Zukunft blickend, rechneten sich die Leute aus, dass sie bald doppelt so viele Tiere halten und viel mehr Gemüse anbauen könnten. Deshalb begannen diejenigen, die für die harte Arbeit am Kanal zu schwach waren, neue

Gärten mit einem leistungsfähigen Bewässerungssystem anzulegen und dieses mit dem Kanal zu verbinden.

Leider blieb da vorläufig noch keine Zeit für den Bau neuer Ställe und Gehege übrig, aber das Sägewerk im Nachbardorf fing schon an, Balken und Bretter zu rüsten und ein paar Händler besuchten das Dorf mit der Absicht, Scharniere, Schlösser, Schrauben und Nägel zu verkaufen. Endlich war nicht nur die größte Gefahr abgewandt, sondern nun konnte in Azoka sogar etwas Wohlstand erblühen.

Alle kamen zur Einweihung, die rund um den neuen Brunnen gefeiert wurde, den Atal zusammen mit Eriel und den Kindern geplant hatte. Minatbar, der Dorfälteste hielt die Eröffnungsrede:

»Heute ist einer der besten Tage in der Geschichte unseres Dorfes. Schaut das viele reine, herrliche Wasser! Wie wunderbar! Ich danke Gott, dass meine alten Augen das noch sehen dürfen. Aber ich fasse mich kurz, denn der ganze Verdienst gebührt unserem großen Atal und er ist es, der jetzt sprechen muss. Danach werden wir alle zum ersten Mal vom Segen trinken, den uns das Glück beschert hat. Vielen Dank euch allen.«

Atal begann zu sprechen:

»Nach der Hochzeit mit meiner geliebten Erieel und der Geburt unserer lieben Kinder ist das der glücklichste Moment in meinem Leben. Aber jetzt muss ich euch allen eine große Überraschung geben. Einigen wird es schwer fallen zu glauben, was sie hören werden, doch ich versichere euch, dass jedes Wort wahr ist. Als ich euch zum ersten Mal über das Projekt sprach, habe ich es nicht erwähnt, weil ich vermutete, dass einige es ablehnen würden. Aber jetzt, wo es vollendet ist und bestens funktioniert, kann ich es euch sagen: Die Idee des Kanals war nicht von mir, sondern von unserer Tochter Nischii…«

Viele überraschte Ausrufe und ein großes Gemurmel unterbrachen ihn. Einige Männer wandten sich ab, um zu gehen. Atal rief ihnen nach:

»Wohin geht ihr? Was ist los? Meint ihr, ich lüge?«

Einige wenige drehten sich wieder um und sagten:

»Ja. Das kann nicht wahr sein. Eine Frau kann sowas nicht denken. Das Heilige Buch sagt ganz deutlich: ,Den Frauen fehlt Intelligenz' und es sagt auch: ,Die Frau ist weniger als der Mann und sie hat unter ihm zu stehen'. Mit deiner Lüge beleidigst du unser Heiliges Buch.«

»Ich respektiere das Heilige Buch wie ihr«, sagte Atal, ohne seine eigene Worte ganz zu glauben. Aber er wusste, dass man die Fanatiker nur auf ihrem eigenen Terrain bekämpfen kann. So fuhr er fort: »…gleich wie ich die

Realität dieser, von unserem einzigen Gott geschaffene Welt respektiere. Er ist allmächtig und weise und er war es, der die Idee mit dem Kanal in Nischiis Kopf setzte und nicht in meinen, gleich wie er die Idee mit der Kuppel in den Kopf von Baz steckte. Ich glaube, er wollte ganz einfach, dass wir alle ein besseres Leben haben, ohne sich darum zu kümmern, welches Gehirn die Idee verbreitet. Deshalb lade ich euch ein, zusammen mit uns allen an den Feierlichkeiten teilzunehmen.«

Es half nichts. Die Gruppe der zehn Männer entfernte sich und jeder nahm seine Frau und Kinder mit. Atal schrie ihnen noch nach:

»Das heißt also, dass ihr nicht von diesem Wasser trinken werdet, nicht wahr?«

Die Männer taten so, als hätten sie es nicht gehört.

Dank dem Kanal verbesserte sich die Stimmung im Dorf spürbar. Die Meisten blickten jetzt optimistischer in die Zukunft und nahmen begeistert an Gesprächen über Entwicklungsmöglichkeiten teil. Die Bauern tauschten eifrig Böcke aus, damit die Ziegen und Schafe bald viele Zicken und Lämmer bekommen können. Beim Gang durchs Dorf fiel deutlich auf, dass die Ladenbesitzer die Schaufenster gereinigt hatten und mehr Waren ausstellten. Einige Kunden leisteten sich auch schon den Kauf besserer Produkte, obwohl der Brunnen in so kurzer Zeit noch keine echte Auswirkung auf die Wirtschaft haben konnte.

Die allermeisten Leute begrüßten Atal, Erieel, Nischii und Baz sehr freundlich und ihre Augen drückten dabei Dankbarkeit und Bewunderung aus.

Nicht so die Fanatiker. Sie warfen Nischii böse Blicke und Worte zu. Mit Atal hingegen trauten sie sich nicht direkt, denn er war der stärkste Mann im Dorf. Insgeheim versuchten sie jedoch, auch ihn mit ihrem Hass zu beschmutzen.

Zwei Wochen nach der Eröffnung gab's eine neue, diesmal schlimme Wende. Die Kinder kamen gerade rechtzeitig zum Essen, als Erieel den Topf auf den Tisch stellte.

»Mhhhh, das riecht gut. Was ist es, Mama?«

»Pallaki, aber nach dem Rezept aus Rakog. Es ist das beste im ganzen Land.«

Bevor Baz sich an den Tisch setzte, begann er zu erzählen:

»In der Schule haben sie gesagt, dass die Armee der Fundamentalisten immer näher kommt. Gestern sind sie in Rakog einmarschiert. Sie haben mehrere verhaftet und einen, der fliehen wollte, haben sie erschossen. Mama, das ist dein Dorf, nicht wahr?«

Die Mutter stand wie angewurzelt. Fahl schaute sie ihren Mann an.

»Mach dir keine Sorgen, Erieel«, sagte Atal. »Dein Vater ist ein sehr vorsichtiger und mutiger Mann und auch deine Brüder wissen, was in solchen Situationen zu tun ist. Sie alle waren in mehreren Schlachten stark und siegreich. Ich bin überzeugt, dass sie rechtzeitig die richtigen Maßnahmen getroffen haben. Nach dem Essen gehe ich ins Dorf, um zu sehen ob ich noch etwas erfahren kann.«

Dann schaute er Baz an und fragte:

»Wer hat dir das erzählt?«

»Tokufan, der Sohn von Mur Wan. Papa, sie sind Gottesmänner, nicht wahr Papa... sie sind Gottesmänner, die Fundamentalisten... Papa?«

»Ich weiß es nicht, Baz. Ich kenne keinen von ihnen.«

»Wenn ich erwachsen bin, will ich auch ein Gottesmann werden.«

Als Atal wieder nach Hause kam, sagte er zu seiner Frau:

»Siehst du Erieel, ich hab dir ja gesagt, dass du dir keine Sorgen machen sollst. Deiner Familie geht's gut. Aber die Fundamentalisten nähern sich schon Azoka. Deshalb muss ich wieder gehen. Wir haben noch eine Ratsversammlung«, erklärte er, während er sein Gewehr lud und den Dolch mit einem Lappen abrieb. »Ich schicke dann gleich Nischii heim. Es ist besser, wenn ihr zwei nicht rausgeht, solange wir nicht wissen, was diese Kerle vorhaben.«

»Und Baz? Er ist noch ein Kind…«

»Ja, aber da er ein „Gottesmann" werden will, werden sie ihn nicht aufs Korn nehmen. Seine unschuldige Leichtgläubigkeit wird ihn und deshalb auch uns schützen.«

»Ich hoffe, du hast recht«, antwortete Erieel mit einem tiefen Seufzer und Atal erwiderte:

»Und ich hoffe, dass er später mal aufwacht. Wenn er von der Schule kommt, sagst du ihm, er soll die Ziegen heute auf die Zedernwiese bringen. Da werden die Fundamentalisten bestimmt nicht vorbeikommen. Ich muss jetzt gehen.«

»Pass gut auf dich auf!«

Die Männer waren schon auf dem Dorfplatz versammelt, aber aus Respekt vor Atal warteten sie auf ihn. Als er eintraf, begann Minatbar, der Dorfälteste die Sitzung mit den Worten:

»Im Namen Gottes begrüße ich euch alle und eröffne die Versammlung, um Lösungen für die große Gefahr zu finden, die sich uns nähert. Ihr alle habt…«

Er wurde vom Lärm eines Militärfahrzeugs unterbrochen, das sich rasend näherte und dann brüsk direkt hinter dem Rücken der Versammelten anhielt. Acht mit Maschinenpistolen bewaffnete Männer und einer, der nur eine Pistole im Gürtel trug, sprangen vom Fahrzeug runter und umkreisten die Anwesenden. Alle waren Ausländer, außer der mit der Pistole. Er war etwa dreißig Jahre alt und anscheinend der Anführer. Mit ruhigen Schritten trat er in die Mitte des Kreises und sagte:

»Ich begrüße euch im Namen Gottes. Ich heiße Sabawoon Khark. Ich bin General der FO, der Fundamentalisten-Organisation und komme, um euch zu Ehren Gottes das Heilige Gesetz zu bringen. Von jetzt an werdet ihr euch alle ihm unterwerfen.«

»Herr Khark«, sagte Minatbar, der noch im Kreis stand, »wir alle sind treue Gläubige und gehorsame Gottesdiener. Niemand muss von auswärts kommen, um zu sagen, wie wir zu leben haben.«

Khark schaute ihn mit eisigem Blick an, zog seine Pistole und schoss ihm in den Kopf. Alle Männer sprangen auf. Aber das Geknatter einer Maschinenpistole und der laute Befehl »Setzt euch!« brachte sie mit gleicher Geschwindigkeit auf ihre Sitze zurück, alle außer Sinal, der Schmied. Er lag in einer Blutlache neben Minatbar, mit dem Rücken voller Einschusslöcher.

»Das passiert mit denjenigen, die gegen das Gesetz Gottes verstoßen«, sagte Khark.

Doch die Versammelten hörten ihm in diesem Augenblick kaum noch zu, denn jeder schwor insgeheim Rache.

Khark sprach weiter:

»Von diesem Moment an ist dieser Gemeinderat für immer aufgelöst. Wir übernehmen das Kommando und führen euch nach dem Gebot Gottes, bis ihr lernt, selber nach dem Allerheiligsten Gesetz zu leben.

Solange wir hier sind, hat uns jeder Mann im Dorf in jeder Hinsicht und auf jeden Befehl zu gehorchen. Jedes Wort und jede Aktion gegen unsere Befehle wird mit Erschießen und bei grobem Vergehen mit dem Strang bestraft. Ich lade jedoch alle Männer ein, sich unserer Armee anzuschließen, Treue und Gehorsam zu schwören, um auf diese Weise Gott zu dienen.

Die Frauen werden von jetzt an in der Öffentlichkeit ihren Körper ganz bedecken und keine darf das Haus ohne einen männlichen Begleiter ihrer Familie verlassen. Jegliches Zuwiderhandeln gegen diese Regeln sowie jede andere unzüchtige Tat wird mit Steinigung bestraft.

Frauen und Mädchen dürfen von jetzt an nicht mehr zum Arzt oder ins Krankenhaus. Wenn eine erkrankt, ist das der Wille Gottes und Er wird über ihr Schicksal entscheiden. Inzwischen darf sie Ihm mit ihrem Leid geduldig dienen und für ihre Sünden büßen.

Die Mädchen gehen nicht mehr zur Schule. Sie gehören in den Haushalt, wo sie lernen müssen, ihrem zukünftigen Ehemann zu dienen. Wenn wir eine beim Lesen oder Schreiben erwischen, werden ihre Augen mit glühendem Eisen geblendet.

Jede Art Musik, Tanz und Spiel sind verboten. Wer mit Gott ist, braucht keine Zerstreuung.

In einigen Minuten kommen noch zwanzig Männer mehr. Wir werden im Gemeindehaus wohnen. Ihr und alle anderen Dorfbewohner versorgt uns mit Lebensmitteln und allem, was wir verlangen.«

Der Ladenbesitzer Turak erhob die Hand.

»Was willst du?« schnauzte Khark ihn an.

»Wie und wann werdet ihr dafür bezahlen?«

»Gott wird's euch vergelten. Das ist alles.«

Da die Hälfte der Soldaten auf dem Platz blieb, gingen die Männer des Dorfes ohne weitere Gespräche auseinander. Atal lief nach Hause.

»Gottseidank bist du hier! Was ist passiert? Wir haben Schüsse gehört«, fragte Erieel.

»Sie haben Minatbar und Sinal getötet«, sagte Atal eilig. »Ich gehe Baz holen. Ihr verlasst das Haus auf keinen Fall! Diese Kerle sind verrückt. Wir werden in ein paar Stunden zurück sein.«

Dann nahm er zwei Eimer und machte sich auf den Weg.

»Wir verstecken die Ziegen in der geheimen Höhle, damit die Fundamentalisten sie nicht stehlen können«, sagte er zu sich.

Als er auf die Zedernwiese kam, sah er weder Baz noch die Ziegen, hörte aber sogleich ein Flüstern hinter einem Fels hervor:

»Papa, ich bin hier. Was ist geschehen? Ich hab Schüsse gehört.«

»Deine Gottesmänner haben Minatbar und Sinal getötet.«

»Warum? Was haben sie getan?«

»Nichts. Die sind verrückt«, antwortete Atal, während er sich umschaute und dann fragte:

»Wo sind die Ziegen?«

»Als ich die Schüsse hörte, habe ich sie schnell in der oberen Höhle versteckt, habe die Tür abgeschlossen und eine Decke davor gehängt, damit man sie von draußen nicht hören kann.«

»Sehr gut, Baz. Gehen wir sie melken. Danach lassen wir sie dort, denn die Fundamentalisten werden von uns Lebensmittel verlangen. Die Idioten sollen Gras fressen! Ich werde ihnen jedenfalls keine einzige Ziege geben.«

Einem Eimer voller Milch mischten sie Lab bei und ließen ihn auf dem Gestell in der Höhle, um damit Käse herzustellen. Den anderen brachten sie auf Umwegen ungesehen nach Hause.

Kaum war die Familie nach dem Abendessen mit Aufräumen fertig, sagte Atal mit ernster Miene:

»Setzt euch bitte und hört gut zu. Die Lage ist sehr gefährlich. Diese Leute können uns wegen jedem kleinen

Fehler töten. Um uns alle zu schützen, gebe ich euch genaue Anweisungen und ihr müsst euch streng daran halten. Ich will auf keinen Fall, dass einem von uns etwas passiert.

Erstens: Ihr Frauen dürft nicht mehr ohne mich auf die Straße und wenn ihr raus geht, müsst ihr immer euren ganzen Körper bedecken. Zeigt ja kein Handgelenk und keinen Knöchel! Das könnte die „Gottesmänner" erregen.

Zweitens: Nischii, du darfst nicht mehr zur Schule…«

»Was!?!? Das kann nicht sein! Ich will zur Schule, will lernen und später Medizin studieren«, sagte das Mädchen wütend und tränenüberströmt. »Das ist ungerecht!«

»Beruhig dich bitte«, antwortete der Vater, »ich hab einen Plan…«

»Werdet ihr kämpfen?« unterbrach ihn Baz besorgt.

»Nein, das wäre im Augenblick nicht gut.«

»Warum nicht?«

»Weil wir zurzeit schwächer sind als sie, denn sie haben bessere Waffen. Außerdem kennen wir sie kaum und wie Sun Tzu sagte: ‚Du wirst die Schlacht gewinnen, wenn du deinen Feind besser kennst als dich selbst'.«

»Wer ist dieser Suntschu?«

»Sun Tzu! Ein großer chinesischer General und Philosoph.«

»Und das hat dir dein Freund Oorun erzählt?« wollte Baz wissen.

»Genau. Er hat mir das Wichtigste aus Sun Tzu's Buch vorgelesen.«

»Papa, warum hast du nicht mit Oorun lesen gelernt?« fragte Nischii.

»Nichts auf der Welt hätte ich lieber getan, aber ich traute mich nicht, ihn zu bitten, es mir beizubringen. Er hat schon so viel für mich getan, hat mich so viel gelehrt, dass ich immer in seiner Schuld stehen werde.

Aber damit kommen wir wieder zu meinem Plan. Er ist sehr gefährlich und wir müssen äußerst vorsichtig sein. Die Fundamentalisten haben gesagt, sie brennen jeder Frau die Augen mit einem glühenden Eisen aus, die sie beim Lesen erwischen. Also aufgepasst!

Ich hab gedacht, Baz könne die Schule wie bisher weiter besuchen. Nachher bringt er Nischii alles bei, was er gelernt hat, während Mama und ich die Arbeiten erledigen. Danach geht Baz die Ziegen weiden und Nischii bringt Mama und mir das Lesen und Schreiben bei.«

»Bravo!« riefen die Drei wie aus einem Mund und die Frauen umarmten den Vater. Dieser fuhr fort:

»Ihr wisst ja, dass der Lehrer ein guter Freund von mir ist. Er wird uns sicher etwas Unterrichtsmaterial und die Bücher für Nischii geben. Aber er ist der Einzige, der es wissen darf. Schwört, dass ihr niemandem auch nur ein Wort davon sagt!«

Sie schworen und Atal fuhr fort:

»Wir werden einen Tisch ins Hinterzimmer stellen und nur dort bei geschlossener Tür lernen.«

»Das Zimmer ist aber sehr klein«, unterbrach ihn Erieel.

»Perfekt«, antwortete Atal, »ein kleines Zimmer für große Ideen« und fuhr dann fort:

»Wenn jemand klingelt oder an die Haustür klopft, verstecken wir schnell die Bücher und jeder geht einer Arbeit nach. Einverstanden?«

»Einverstanden.«

»Gut. Und nun ist's Zeit, schlafen zu gehen. Morgen beginnen wir.«

»Sehr gut.«

»Prima. Gute Nacht.«

Die Leute von Azoka hofften heimlich, dass Atal sie von den Fundamentalisten befreien würde. Sein Mut und seine Heldentaten im Krieg hatten ihm einen wohlverdienten guten Ruf gebracht. Zu Hause erzählte er nichts, aber er begann, sehr diskret und vorsichtig Informationen über die Feinde zusammenzutragen, um zu wissen, wie man sie loswerden könnte. Mehreren Männern gab er den Auftrag, sie Tag und Nacht heimlich zu beobachten. So fand er heraus, dass von den neunundzwanzig nur fünf Einheimische waren. Der Rest kam aus mehreren Ländern. Und es stellte sich heraus, dass die „Gottesmänner" weniger heilig waren, als sie den Anschein geben wollten. Tagsüber stahlen sie in den Läden und Gärten und belästigten die Frauen mit schmutzigen Anspielungen und erniedrigenden Bemerkungen. Die nächtlichen Geräusche und Schatten verrieten Drogengebrauch und Sex unter ihnen. Und sie machten einen strategischen Fehler; alle aßen gleichzeitig außer der Wächter am Eingangstor. Atal dachte, so wäre das Einfachste, wenn auch nicht das Edelste, sie zu vergiften und den Wächter mit einem Schuss zu erledigen. Auf diese Weise würde das Dorf – nebst der Freiheit – gute Waffen, ziemlich viel Munition und zwei Fahrzeuge erobern, ohne selbst Verluste zu erleiden. Aber was würde geschehen, wenn die Fundamentalisten andere aufrufen könnten, bevor sie sterben? Dann kämen Hunderte und würden alle Dorfbewohner ermorden.

Während diesen Überlegungen klingelte jemand. Es waren Erieels Vater und Bruder, die von Rakog gekommen waren. Alle freuten sich sehr über das Wiedersehen. Nachdem sie ein Bier getrunken und familiäre Informationen ausgetauscht hatten, lenkten sie das Gespräch auf das Thema ihres Besuchs. Erieels Bruder Rebaas sagte:

»Zurzeit ist die Lage sehr schlecht. Diese Bastarde benehmen sich wie wahnsinnige Schweine. In Rakog haben sie schon sechs ermordet, einen davon durch Folter. Wenn du wüsstest, wie gern ich sie erledigen würde. Aber wir müssen uns zurückhalten. Die Regierung plant einen landesweiten Angriff, auf den wir vorbereitet sein müssen, denn wir müssen überall gleichzeitig zuschlagen.«

»Und wisst ihr, was für eine Art Aktion es sein wird?«

»Nein. Vermutlich werden sie das bis zum letzten Augenblick geheim halten, um ein Kundwerden zu vermeiden.«

»Wie viele von dem Pack gibt's in Rakog?«

»Fünfundfünfzig«, antwortete Atals Schwager, «die meisten sind Ausländer. Es scheinen nicht besonders gute Krieger zu sein, aber sie sind gut bewaffnet.«

»Und weiß man schon, warum sie gekommen sind? Das mit der Religion glaube ich nicht ganz«, sagte Atal.

»Soviel ich erfahren habe, schickt sie ein großes Finanzunternehmen, welches es auf unsere Bodenschätze abgesehen hat. Da unsere Regierung die Nutzung dieser Ressourcen durch ausländische Firmen verhindern will, versuchen sie, das Land auf diese Weise einzunehmen.«

»Also ist der wahre Gott das Geld.«

»Beides. Die Gier dieser großen Finanzgeier und der Wahn der fanatischen Idioten haben sich vereint, um auf unsere Kosten zu profitieren.«

»Dann machen wir eben, dass es für sie ein Verlustgeschäft wird«, prophezeite Atal und fragte dann:

»Habt ihr sie beobachtet, um ihre Gewohnheiten zu kennen?«

»Ja. Sie widmen ihre Zeit dem Gebet, dem Diebstahl, der Belästigung der Leute und nächtlichen Partys.«

»Gibt es sonst noch etwas, was euch aufgefallen ist?«

»Sie tun etwas, was kein vernünftiger Stratege je machen würde; alle essen zur gleichen Zeit.«

»Interessant«, meinte Atal, ohne seine Idee mit dem Gift zu erwähnen. »Es wird uns schon etwas einfallen, um sie zu besiegen.«

»Schon«, antwortete Rebaas, »aber denk daran, dass jegliche Aktion außerhalb des Plans der Regierung sehr gefährlich ist.«

»Ich werde es nicht vergessen.«

Der Besuch inspirierte Atal, um in den nächsten Tagen verschiedene Angriffspläne zu schmieden. Er wollte unbedingt vermeiden, dass die Fundamentalisten ihre Offiziere in anderen Gegenden warnen können, bevor sie sterben. Zudem begann er, mit mehreren Männern im Dorf zu sprechen, um ihre Meinung und Stimmung kennenzulernen. Alle hatten große Lust, sich von den Tyrannen zu befreien. Paytal und seine fünf Söhne sagten:

»Unsere Gewehre sind geladen und die Dolche geschärft. Wir warten auf deinen Befehl anzugreifen.«

Inmitten des Drucks, den das ganze Dorf unter den Fundamentalisten aushalten musste, lebten Atal, Erieel und die Kinder – dank dem Lehrplan – zu Hause in einer Insel des Friedens und der Freude. Baz war nicht nur zufrieden, dass er mit seiner Schwester den Lehrer spielen durfte, sondern er fühlte sich, obwohl er es nie erwähnte, sehr stolz darauf, dass seine Eltern keine Analphabeten mehr waren. In der Schule passte er viel besser auf und hinterfragte, wenn für ihn etwas nicht klar war, denn er hatte während Jahren beobachtet, dass Nischii immer alles genau wissen wollte. Und er war entschlossen, sich von ihr auf keinen Fall mit einer Frage überraschen zu lassen, die er nicht beantworten könnte. Das ging sogar so weit, dass er oft ein Buch zum Ziegenhüten mitnahm. So erwachte in ihm mit der Zeit das Interesse für viele Lebensfragen und die Freude am Lernen an und für sich.

Deshalb sagte der Lehrer eines Tages zu Atal:

»Ich muss dir zu deinem Lehrplan gratulieren. Es ist unglaublich, wie Baz sich in nur sieben Monaten verbessert hat. Vorher gehörte er zur zweiten Hälfte der Klasse und jetzt ist er der Beste von allen. Bei den gestrigen Prüfungen schaffte er die Bestnote in allen Fächern außer in Mathematik, wo er ein ‚Sehr gut‘ erreichte. Deshalb habe ich gedacht, man könnte diesen Plan auch auf andere Familien und sogar auf die Waisenkinder anwenden.«

»Darüber können wir später sprechen, wenn wir uns von dieser Teufelsbrut befreit haben«, antwortete Atal mit einem kurzen Blick zum Gemeindehaus. »Jetzt wäre es zu gefährlich. Zwar können wir allen Dorfbewohnern außer den Fanatikern vertrauen, aber einige würden anfangen, über den Plan zu sprechen, wenn sie gefoltert würden. Es könnte aber auch einen dummen Zufall geben, durch den jemand entdeckt würde. Ich möchte weder, dass den Frauen und Mädchen die Augen ausgebrannt werden, noch dass du erhängt wirst. Wahrscheinlich verstehst du das. Baz hat sich über deine Entscheidung beschwert, die Debatten über die gelernten Themen abzuschaffen. Du wirst es getan haben, damit keiner der Jungen etwas sagt, was ihm eine Strafe der Teufelsbrut einbringen könnte.«

»Genau«, antwortete der Lehrer. »Da muss ich dir Recht geben. Wir werden später wieder darauf zurückkommen.

Und du und Erieel? Wie geht es euch mit dem Lesen- und Schreibenlernen?«

»Nach und nach«, antwortete Atal.

»Komm, ich prüfe dich mal. Was steht auf jenem Schild?«

»Eisenhandlung«, antwortete Atal und das Herz sprang ihm vor Stolz fast aus der Brust.

»Sehr gut! Und gleich daneben?«

»Lager zu verkaufen.«

»Hervorragend! Ist Erieel auch schon so weit? Oder ist sie vielleicht sogar noch besser als du?« fragte der Lehrer mit einem freundschaftlichen Ellbogenstoß.

»Anfangs hatte sie Mühe, aber sie ist beharrlich und jetzt sind wir gleich weit.«

»Eure Tochter ist auch eine gute Lehrerin. Es ist echt schade, dass sie nicht zur Schule kommen kann. Eines Tages wird sie eine hervorragende Ärztin sein. Und du, lern fleißig weiter!» sagte der Lehrer während er begann wegzugehen.

»Warte mal! Ich hab noch eine Frage: Hast du Philosophiebücher?«

»Was?! Wozu brauchst du Philosophiebücher?«

»Im Krieg hatte ich einen Freund. Er war Philosoph und er lehrte mich. Das hat mir sehr gefallen und jetzt, wo ich lesen kann, möchte ich diese Bücher gern selber studieren.«

»Mein Gott! Was man alles erleben muss! Ein Philosophenhirte! Und dann sagen die Leute, das Leben bringe keine Überraschungen mehr! Sag mal, wie hast du Philosophie gelernt, wenn du nicht lesen konntest?«

»Mein Freund Oorun hat mir vorgelesen. Einige seiner Bücher hat er für mich laut aus dem Deutschen übersetzt, denn er hatte in Deutschland studiert und danach haben wir über die Themen argumentiert. Er hat mir die Regeln der Vernunft und das richtige Hinterfragen beigebracht.«

»Und wo ist er jetzt?«

»Er ist tot. Ein Scharfschütze hat ihm in den Kopf geschossen. Wir haben seine Sachen der Familie geschickt. Aber zwei seiner Bücher habe ich behalten. Ich glaube, er wäre damit einverstanden gewesen. Sie sind jedoch auf Deutsch geschrieben und ich kann sie nicht lesen.«

»Jetzt gerade habe ich keine Philosophiebücher und in den Buchläden dürfen sie nicht mehr verkauft werden, aber ich werde trotzdem versuchen, sie zu bekommen. Es wird jedoch eine Weile dauern. Welche interessieren dich besonders?«

»Vor allem ‚Also sprach Zarathustra‘, von Nietzsche. Das hat mir am besten gefallen. Dann ‚Politik‘ von Aristóteles und seine 'Nikomachische Ethik'. Mehrere von Kant, ‚Das Kapital‘ von Marx, sowie 'Die Kunst des Krieges' von Sun Tzu.«

»Sun …was? Schreib mir bitte eine Liste und ich werde schauen, was ich tun kann. Pass aber auf! Wie alle Diktatoren fürchten auch die Fundamentalisten die Schriften mehr als die Kugeln.«

»Ja klar. Morgen bringe ich sie dir. Danke.«

Anfangs sagte Nischii die Arbeit als Lehrerin nicht besonders zu. Als sie dann aber sehen musste, mit wie viel Begeisterung die Eltern alles aufnahmen und übten und wie schnell sie lernten, begann sie, sich Fragen über ihr Leben zu stellen. Unter was für Umständen sind sie aufgewachsen? Was für Gelegenheiten hatten sie und welche waren ihnen verwehrt? Da sie nicht viele Antworten fand, fragte sie eines Tages ihre Mutter:

»Mama, als du so alt warst wie ich jetzt, hattest du keine Lust, das Dorf zu verlassen und etwas anderes zu machen?«

»Nein. Ich war glücklich mit meinem Leben. Außerdem lernte ich damals gerade deinen Vater kennen und wir haben sehr bald geheiratet. Aber einige Freundinnen von mir waren frustriert, weil sie gern in der Stadt gearbeitet oder studiert hätten und nicht durften, da ihre Rolle als Frau verlangte, dass sie heiraten und zu Hause bleiben. Das finde ich sehr ungerecht. Wir Frauen müssen die gleichen Rechte und Möglichkeiten haben wie die Männer und ich hoffe, dass wir das bald einmal erreichen. Zum Glück hatte ich keine solche Wünsche. Atal fragte mich einmal dasselbe wie du. Er meinte, dass es machbar wäre, wenn ich auswärts arbeiten wolle. Aber mir gefiel genau das Leben, das ich hatte. Mein Vater sagte manchmal, einen Bauernhof erhalten sei gleich wie eine Firma leiten. Eines Tages, als ihr noch klein wart, erinnerte ich mich an jenen Satz und da sagte ich mir: ‚Diesen Haushalt und den Hof führen ist gleich wie eine Firma leiten, aber unser Reichtum ist nicht das Geld, sondern das Glück. Wenn ich es schaffe, dass wir alle – Ziegen inbegriffen – glücklich sind, habe ich ein gutes Geschäft gemacht.'«

»Mama, das ist beeindruckend! Du bist so weise!«

»Jetzt übertreib mal nicht. Ich bin ein ganz normaler Mensch.«

Im Privatunterricht fragte Baz einmal:

»Nischii, was gibst du mir, wenn ich dir ein Geheimnis verrate?«

»Was du am meisten benötigst; eine Stunde Matheunterricht.«

»Nein, ich meine es ernst.«

»Ich auch. Also sag mal.«

»Rohak ist in dich verliebt.«

»Was verstehst du schon davon?« antwortete Nischii, wobei sie so tat, als interessiere es sie nicht, obwohl das Aufblitzen ihrer Augen ihr inneres Feuer verriet. Rohak war der Liebling aller Mädchen.

»Er lässt dich grüßen und fragt, ob ich glaube, dass du dich für ihn interessierst.«

»Ich hab andere Sachen zu denken...«

»Und ich glaube, ihr wärt ein nettes Paar; das schönste und intelligenteste Mädchen des Dorfes mit dem bestaussehenden und meistbegehrten Jungen…ui…ui…ui…«

»Hör auf!«

»Er schickt dir auch einen Kuss.«

»Den Kuss kann er dir geben, wenn er will. Und jetzt wird gelernt!«

»Okay, okay«, sagte Baz, während er das Geschichtsbuch öffnete.

Am nächsten Tag kam er wieder auf das Thema zu sprechen:

»Rohak sagt, er liebe dich und er würde dich heiraten.«

»Sehr gut. Er kann warten, bis ich mit dem Medizinstudium fertig bin. Wenn er mich dann noch liebt, werde ich es mir überlegen.«

»Du bist so kalt. Und was ist mit deinem Glück?«

»Ich bin schon glücklich und wenn ich mal studieren kann, werde ich noch glücklicher sein. Außerdem würde Rohaks Vater nie zulassen, dass ich seinen Sohn heirate. Du weißt ja, wie fanatisch er ist und wie er mich hasst.«

Baz sagte:

»Ich werde Taisakh heiraten.«

»Ja, falls sie dich will und ihr Vater es zulässt. Vergiss nicht, dass du ein Ziegenhirt bist und sie die Tochter eines reichen Geschäftsmanns.«

»Ich werde ein Ingenieur sein.«

»Wolltest du nicht Gottesmann werden?«

»Nein, nein. Ich wusste nicht, dass die so böse sind. Außerdem hat mir die Geschichte mit dem Kanal und alles, was wir in letzter Zeit erlebt haben, gezeigt, wie wichtig es für uns alle ist, dass wir einen Beruf lernen, in dem wir das Leben der Menschen verbessern können.«

»Wird ja auch Zeit, dass du mal vernünftig wirst. Und jetzt fangen wir endlich an zu lernen!«

Zu Beginn der nächsten Unterrichtsstunde fragte Nischii Baz:

»Hast du den Lehrer gefragt, ob er Medizinbücher hat?«

»Ja. Er hat keine. Aber… ich hab das hier für dich«, antwortete Baz, während er ein Papier aus der Tasche nahm und es in der Luft schwenkte.

»Was ist das?« fragte Nischii, während sie mehrmals vergebens nach dem Papier griff.

»Ich weiß es nicht. Ich hab's nicht gelesen. Dein lieber Rohak hat es mir gegeben«, antwortete Baz, während er das Papier öffnete und die beschriebene Seite der Schwester vor die Augen hielt. Diese wurde rot wie die Paprika, die sie gegessen hatten und sagte mit lauter Stimme:

»Gib es mir! Sofort!«

»Oh, das scheint was Ernstes zu sein«, sagte Baz, während er ihr das Papier gab.

»Hör auf Unsinn zu reden! Verstehst du nicht, dass es nicht sein kann. Sein Vater hasst mich. Er ist einer der Fanatiker, die bei der Einweihung des Kanals weggingen und er hat mich auch schon auf der Straße beschimpft.«

»Ich weiß, aber Rohak sagt, er werde sich gegen seinen Vater wehren… wenn nötig mit allen Mitteln.«

»Sowas bringt nichts als Unglück für alle. Es ist besser, wir lassen es sein.«

»Aber du liebst ihn doch?«

»Ich finde ihn nett«, antwortete Nischii und versuchte dabei immer noch, ihre überwältigenden Gefühle zu verbergen.

Aber Baz verstand es, die Geheimnisse seiner Schwester zu deuten und antwortete:

»Dann gibt es kein Hindernis, das groß genug ist. Ihr wollt beide studieren. In der Stadt werdet ihr keine Schwierigkeiten haben, vor allem, wenn ihr ins Ausland geht.«

»Es ist einfach unglaublich, in was für einer blöden Gesellschaft wir leben müssen! Einige machen alles

Mögliche, um das Glück der Menschen zu verhindern«, sagte Nischii laut in einem für sie ungewohnten Wutausbruch.

»Beruhig dich Schwesterchen! Es wird schon eine Lösung geben«, schlug Baz vor.

»Komm, lernen wir!«

Da musste Nischii lachen und sagte:

»Das ist ja was Neues. Mein Bruder schlägt vor zu lernen.«

Als die Eltern am nächsten Tag mit Nischii im kleinen Zimmer lernten, klingelte jemand. Erschrocken versteckten sie schnell alle Bücher und Hefte und machten sich wie verabredet eilig an irgendeine Arbeit. Atal öffnete die Tür. Es war Rohak.

»Hallo Atal. Ich möchte gern mit dir reden.«

»Ja, komm bitte rein. Möchtest du einen Kaffee?«

»Nein, danke.«

»Na, was willst du mir denn sagen?«

Rohak schaute geniert die Frauen an und sagte zu Atal:

»Könnten wir unter vier Augen reden?«

»Ja, selbstverständlich», antwortete Atal und bat Erieel, Kaffee zu bringen, denn er ahnte, dass das Gespräch lange dauern würde.

Kaum hatten die Männer sich zurückgezogen, schaute Erieel Nischii ernst an:

»Was ist hier los? Gibt es etwas, was ich wissen sollte?«

»Keine Ahnung, Mama...«

Nach den typischen Höflichkeitsformeln bat Rohak Atal um Nischiis Hand. Atal antwortete gleich, dass er mit der Beziehung einverstanden wäre, dass sie aber zuerst Nischii fragen müssen. Etwas überrascht von so einer modernen Einstellung, antwortete Rohak:

»Selbstverständlich. Ich möchte keine Frau heiraten, die mich nicht liebt. Fragen wir sie gleich?«

»Nein, warte. Es gibt ein Problem, das wir vorher noch besprechen müssen. Was meint Tunar, dein Vater dazu?«

»Ich hab's ihm noch nicht gesagt. Ich weiß, dass er Nischii wegen des Kanals und wahrscheinlich auch wegen den Meinungsverschiedenheiten mit dir hasst und ich bin mir sicher, dass er dagegen sein wird. Aber ich bin bereit, mich ihm zu stellen und die Verantwortung für die Lage zu übernehmen. Außerdem will ich auch studieren gehen und dann sind wir im Ausland frei von seiner Kontrolle.«

»Wäre es nicht besser, ihn zu überzeugen?«

»Das ist unmöglich! Früher war er ein vernünftiger Mensch und ein guter Vater. Aber seit dieser Prediger im Dorf war, ist er nicht mehr derselbe. Jetzt ist er manchmal lange Zeit still, während sich seine Stirn immer mehr runzelt und dann sagt er plötzlich, dass wir alle in der Hölle schmoren werden und Ähnliches. Oft schlägt und beschimpft er Mama und meine Schwestern grundlos. Und es wird immer schlimmer. Jetzt versammeln sich die Fanatiker oft nachts; einmal auch bei uns zu Hause. Was ich durch die Tür anhören musste, war echt besorgniserregend. Ich kann nur sagen, dass viele Dorfbewohner in Lebensgefahr stecken, auch du, Atal. Wie du wahrscheinlich schon vermutest, treffen sie sich auch mit den Fundamentalisten. Ich weiß, dass Kais ihnen eine Liste gegeben hat mit den Leuten, die unter Verdacht stehen, nicht mit ihnen zusammenarbeiten zu wollen. Ich stehe auch auf der Liste. Als mein Vater das erfuhr, sagte er nur ‚Wenn er nicht Gott folgen will, ist er nicht mehr mein Sohn und hat auch nicht verdient weiterzuleben'.«

»Oh, das tut mir leid Rohak.«

»Keine Sorge«, antwortete der Junge, »ich habe schon akzeptiert, dass ich keinen Vater mehr habe. Und zu Hause stehen wir uns gegenseitig bei, um uns vor seinen Angriffen zu schützen. Ich glaube, das macht ihn auch wütend. Aber was können wir sonst tun?

Mehr Sorgen macht mir die allgemeine Situation des Dorfes. Diese Verrückten ruinieren nicht nur das Dorf und unser Leben, sondern werden eines Tages ein Massaker verursachen, wie sie es schon an anderen Orten getan haben.

Die Leute erzählen, dass du im Krieg warst und viel Kampferfahrung hast. Meinst du nicht, wir sollten etwas unternehmen, bevor es zu spät ist?«

»Ich hab schon Lust, uns baldmöglichst von diesem Gesindel zu befreien, so dass wir alle wieder normal leben können«, antwortete Atal, »aber wir müssen den richtigen Augenblick abwarten, um im ganzen Land gleichzeitig zuzuschlagen, sonst kann alles noch viel schlimmer werden. Doch du kannst uns sehr nützlich sein…«

»Wie denn?«

»Horche die Gruppe deines Vaters weiter aus und halte mich auf dem Laufenden. Jede noch so unscheinbare Information wäre uns dienlich. Pass aber gut auf dich auf!«

»Das werde ich tun«, versprach Rohak und fuhr nach einer kurzen Stille fort:

»Und… was ist mit uns… ich meine Nischii und ich…«

»Ja, wir haben sie noch nicht gefragt. Aber ich glaube, so wie die Lage jetzt ist, wäre es besser, mit der Hochzeit zu warten, bis die Dinge sich geändert haben oder bis ihr ins Ausland geht. Das wird ja bald sein. Ich vermute, du willst am gleichen Ort studieren wie sie, nicht wahr?«

»Ja, schon. Ich werde in ein freies Land gehen, das gute Universitäten hat und hoffe, dass Nischii das Gleiche will.«

»Was ich dir jetzt sagen werde, ist ziemlich traurig«, fuhr Atal fort, »aber so wie die Dinge stehen, ist es vielleicht das Beste. Ihr könntet im Ausland in einer privaten Zeremonie mit ein paar Freunden als Zeugen heiraten, vorläufig ohne deine Eltern zu informieren. Und später, wenn ihr zurück kommt und die Dinge sich gebessert haben, können wir mit beiden Familien und dem ganzen Dorf eine große Hochzeit feiern.«

»Ja, und wie soll mein Vater wieder vernünftig werden?«

»Keine Ahnung. Aber es kann noch viel Unvorhergesehenes geschehen. Verlieren wir die Hoffnung nicht!«

»Vielen Dank, Atal!«

»Nichts zu danken. Das Wichtigste ist, dass ihr glücklich seid. Glücklich sein ist eine gute Art, gegen den Wahnsinn des Fanatismus zu rebellieren. Und wenn du willst, sprechen wir jetzt mit den Frauen. Leider kann Baz nicht dabei sein. Er ist bei den Ziegen.«

»Schade. Wir sind gute Freunde«, sagte Rohak, während Atal die Frauen holen ging.

Nischii war so nervös, dass sie anfangs nicht wusste, wohin sie sich stellen oder setzen sollte. Als schließlich alle vier am Tisch saßen und Erieel allen Kaffee serviert hatte, sagte Atal:

»Nischii, meine Liebe, Rohak möchte dich etwas fragen.«

Dann schaute er zu Rohak rüber:

»Bitte, Rohak…«

Der Junge wusste, was er sagen wollte, aber die Worte blieben in seiner Brust stecken und kamen kaum heraus:

»Ni… Ni… Ni… Nischii…«

»Willst du singen?« fragte Erieel so unverhofft, dass die drei laut lachen mussten, während Nischii steif und ernst da saß, als stünde ihr Leben auf dem Spiel.

»Nein… …Ent…Ent…Entschuldigung«, sagte Rohak, das Lachen verhaltend. Dann atmete er tief durch, schaute seine Verehrte an und sagte:

»Nischii, ich liebe dich. Willst du mich heiraten?«

Nun war Nischiis Spannung plötzlich weg und mit einem großen Lachen und den Augen voller Glückstränen antwortete sie laut:

»Jaaaaa! Ja, ich will!«

Dann war es still. Das neue Paar schaute sich lange tief in die Augen und ließ sich vor Liebe überschwemmen, ohne zu bemerken, dass Erieel und Atal sich die Hände mit gleich viel, aber reiferer Liebe drückten.

Das perfekte Glück wurde durch Baz's Ankunft unterbrochen und auch vom Gelächter der beiden Paare, als sie ihn mit offenem Mund staunend auf der Schwelle stehen sahen. Aber er begriff sehr bald, was geschah und gratulierte den Beiden. Dann nahmen Erieel und Atal Rohak bei den Händen und sagten:

»Willkommen in unserer Familie, Sohn Rohak.«

Nun mussten Atal und Rohak nur noch erklären, was sie vereinbart hatten. Nischii war mit diesem Plan einverstanden.

Es dauerte nicht lange, bis Atal schlimme Nachrichten von Rohak erhielt:

»Gestern Nacht sprach mein Vater mit Zakra, dem Mechaniker. Sie haben vor, dich und deine ganze Familie zu töten, um in den Besitz eures Hauses und des Landes zu gelangen. Zakra hat euch bei den Fundamentalisten wegen Gotteslästerung angezeigt. Er erwähnte meinen Vater als Zeugen und dieser bestätigte den Inhalt der Anzeige. Sie vereinbarten, dass Zakra euer Haus bekommt und mein Vater das Land, sobald ihr tot seid.«

»Und was haben die Höllenhunde dazu gesagt?«

»Sie wollen euch während des Sommerfests für eine beispielhafte, abschreckende Hinrichtung auf dem Dorfplatz benutzen.«

»Oh! Das ist schon bald! Ich muss dringend etwas unternehmen! Sprich bitte mit keinem Menschen darüber. Und vielen Dank Rohak.«

»Wenn wir fliehen, bekommen Tunar und Zakra, was sie wollen und danach werden sie das Gleiche mit anderen Leuten machen«, überlegte Atal. »Wenn wir angreifen, werden viele Fundamentalisten kommen und fast alle im Dorf ermorden und wir machen den großen Angriffsplan zunichte. Ich brauche einen anderen Ausweg.«

Er überlegte die ganze Nacht hindurch, ohne eine gute Lösung zu finden.

Am nächsten Morgen, als Atal und Nischii gerade das Haus verlassen wollten, erschien Rohak.

»Kommst du mich besuchen oder Nischii?« fragte Atal.

Ein wenig verblüfft antwortete der Junge:

»Dich.«

»Aha! Also liebst du sie nicht mehr?«

»Ja, schon. Doch!!!«

»Ich hab nur Spaß gemacht, damit du nicht so ein trauriges Gesicht machst.«

»Wie kannst du in so einer schlimmen Situation bloß Witze machen?«

»Man merkt, dass du nie im Krieg warst, wo dir die Kugeln um die Ohren fliegen und die Bomben in deiner Nähe bersten.«

»Vorläufig reicht es mir, mit dem was wir haben.«

Atal sagte:

»Nischii, lass uns bitte einen Augenblick unter vier Augen reden.«

Als sie im Haus war, fragte Atal:

»Was ist los?«

»Ich hab noch eine schlechte Nachricht. Es gibt einen Spion unter deinen Männern. Gestern kam Ghayam, der mit der Schweinefarm zur Versammlung. Ich konnte nicht alles hören, aber er hat erzählt, wie du die Männer für einen Angriff organisierst.«

»Gut. Ich werde Maßnahmen treffen. Siehst du, wusste ich doch, dass du nützlich sein würdest. Danke Rohak.«

»Darf ich jetzt mit Nischii sprechen?«

»Aha! Meinst du, sie will mit dir reden?«

»Jetzt machst du wieder Spaß oder?«

»Ich lasse euch ein paar Minuten allein. Nachher muss sie mir bei der Kirschenernte helfen.«

Atal wusste nicht mehr, was er von sich aus unternehmen könnte, um sich und seine Familie zu retten, ohne den großen Plan aufs Spiel zu setzen. Deshalb ging er zu Erieel und sagte:

»Pack mir bitte etwas Käse, ein wenig Schinken, einige Äpfel und geschälte Nüsse für vier Tage ein.«

»Wozu geschälte Nüsse?«

»Ich muss in die Hauptstadt. Die ersten Tage gehe ich zu Fuß über die Berge und da darf ich keinen Lärm mit knackenden Nüssen machen.«

»Ist es eine gefährliche Reise?«

»Nein, gefährlich ist es nicht, aber ich will nicht, dass die Teufelsbrut von meiner Abreise erfährt oder dass sie mich unterwegs überraschen. Deshalb will ich bis Daharnak laufen. Dabei besuche ich noch deine Familie.

Den Rest der Reise bis in die Hauptstadt mache ich dann mit dem Bus.«

»Vier Tage hast du gesagt? Letztes Mal waren es vier Jahre. Bitte, tu uns das nicht wieder an!«

»Auf keinen Fall. In weniger als zwei Wochen bin ich wieder daheim.«

»Das ist schon sehr lange...«

»Für mich auch.«

Erieel packte die Verpflegung ein. Atal zog sich an und füllte die Wasserflasche. Dann schnallte er seinen Dolch an den Gürtel, warf den Rucksack auf den Rücken und umarmte Nischii und Baz zum Abschied. Zu Erieel sagte er:

»Und Sie, Frau Ziam, nehmen keinen Unterricht, solange ich weg bin! Ich will nicht für immer hinter Ihnen bleiben.«

»Je länger du weg bist, umso weiter werde ich dich abhängen. Ich habe noch einen Brief an meine Familie geschrieben.«

»Was für eine gute Idee! Aber ich kann ihn nicht mitnehmen. Wenn ich in einer Kontrolle registriert werde und sie finden deinen Brief, werden sie dich holen. Aber ich werde es deiner Familie erzählen. Gib mir einen Kuss! Bis bald meine Liebe.«

»Bis bald. Gott beschütze dich!«

Nach den Ereignissen der letzten Tage tat es Atal gut, allein durch die Berge zu wandern. In Daharnak nahm er den Bus und als er in der Hauptstadt ausstieg, ging er geradewegs zum Haus seines Freundes General Khwazun, den er vom Krieg her kannte. Aber er klingelte nicht an der Tür, sondern blieb in der Nähe des Hauses in der Hoffnung, Khwazun würde ihn sehen und dann rauskommen, damit sie sich an einem sicheren Ort treffen könnten. Und tatsächlich öffnete sich die Türe nach kurzer Zeit. Als der General an Atal vorbeiging, gab er ihm diskret ein Zeichen, das bedeutete ‚folge mir!‘. So gingen sie hintereinander zum Militärquartier. Die Stadt hatte sich seit seinem letzten Aufenthalt verändert. In allen Straßen gab es schwer bewaffnete Soldaten auf Wachtposten. Khwazun ging ins Quartier, während Atal draußen blieb. Bald kamen ein paar Soldaten, verhafteten ihn und brachten ihn rein. Da untersuchten sie ihn und nahmen ihm den Dolch ab. Aber Atal bemerkte, dass sie es nur machten, um zu zeigen, dass er ein verdächtiger Fremder sei. Dann brachten sie ihn in einen Raum, in dem nichts war außer einem Tisch und vier Stühlen. Sogleich kam Khwazun.

»Atal, mein Freund! Es freut mich, dich zu sehen!«
»Ich freue mich auch. Wie geht es dir?«

»Gut. Bin älter geworden. Wie lange ist es her? Drei Jahre?«

»Vier.«

»Vier! Siehst du. Aber du hast dich nicht verändert.«

»Nein? Sehe ich nicht besser aus?«

»Ha, ha, ha, … Kommen wir zur Sache! Ich habe leider fast keine Zeit. Was läuft in deiner Gegend?«

Atal erzählte, was er über die Lage in Azoka und Rakog wusste. Der General fand die Beobachtung der Essgewohnheit der Fundamentalisten und die Idee mit dem Gift interessant.

»Mit wem hast du darüber gesprochen?«

»Mit keinem Menschen.«

»Sehr gut! Behalte es für dich. Ich werde meine Spione fragen, ob sie das überall machen. Wenn es sich bestätigt, wäre das Gift eine gute Methode, sie alle auf einmal zu beseitigen. Aber wir müssen noch einige Wochen warten. Es tut sich was Großes auf internationaler Ebene und es ist wichtig, dass wir im geeigneten Augenblick zuschlagen, um unsere Verbündeten zu unterstützen. Schau, dass deine Leute sich zurückhalten, aber bereitstehen. Ich werde dich auf dem Laufenden halten und dir das notwendige Material zuschicken.«

Da erzählte Atal das von Tunars und Zakras Plan und bat, man solle den großen Angriff auf nächste Woche vorverlegen.

»Solche Sachen kommen überall vor«, antwortete der General. »Es gibt immer schmutzige Opportunisten. Leider können wir unsere Pläne nicht an solche Einzelfälle anpassen. Das Einzige, was ich dir bieten kann, ist, dass du mit deiner Familie hierher in die Hauptstadt kommst. Wir werden euch an einem sicheren Ort unterbringen und, wenn alles vorbei ist, werden wir euch euer Land und euer Haus zurückgeben und diese zwei Kerle verhaften.«

Atal antwortete:

»Wenn es nicht anders geht, werden wir im letzten Augenblick kommen. Aber vorher versuche ich, einen anderen Ausweg zu finden.«

Beim Verlassen des Quartiers waren seine Sorgen größer als beim Kommen, denn nun blieb ihm als einzige Hoffnung die Flucht mit der ganzen Familie in die Hauptstadt. In diese Gedanken versunken ging er durch die Straßen, als im Militärquartier eine Bombe explodierte. Seine erste Sorge galt seinem Freund und er fühlte das Bedürfnis hinzulaufen, um ihm zu helfen. Aber dann dachte er, dass jemand ihn verdächtigen könnte, weil er soeben da gewesen war. Außerdem könnte er sowieso kaum helfen.

Also entfernte er sich so schnell wie möglich durch die Menschenmenge der engen Gassen, während schon die Sirenen der Ambulanz und Polizei heulten.

Die Leute auf dem Markt schienen nicht nervös zu sein. Einige erwähnten, wo die Bombe explodiert war. Andere spekulierten über die mögliche Zahl der Opfer, aber mit aller Ruhe. Sie hatten sich schon zu sehr an die täglichen Streiche des Todes gewöhnt.

Der Lehrer von Azoka hatte Atal einen Freund empfohlen, der Philosophieprofessor an der Universität war. Kaum war Atal mit den Einkäufen fertig, nutzte er die kurze Zeit, die bis zur Abfahrt des Buses noch verblieb, um den Professor zu besuchen. Dieser lud ihn zum Abendessen mit seiner Familie und zum Übernachten ein. Als sie auf den Anschlag im Quartier zu sprechen kamen, schaltete der Gastgeber den Fernseher ein und zu Atals Freude gab Khwazun gerade ein Interview. Nachdem sie den Fernseher ausgeschaltet hatten, öffneten sie eine Flasche Wein und begannen über Philosophie zu sprechen. Zufälligerweise kannte der Professor Oorun auch.

»Und auf welchen Zweig der Philosophie haben Sie sich spezialisiert?« wollte Atal wissen.

»Philosophie der Sprache«, antwortete der Professor, »aber viel wichtiger als die Spezialisierung scheint mir die

Grundfrage jedes Menschen; diejenige, die uns fast unser ganzes Leben lang beschäftigt und von der wir nicht loskommen. Atal, sagen Sie mir bitte, welches ist Ihre fundamentale Frage?«

»Bevor ich Oorun kennenlernte, war ich ständig unruhig, hatte aber keine Frage. Als ich dann später begann zu philosophieren und mich in die Ereignisse des Landes verwickelt sah, dabei seinen Aufstieg, seinen riesigen Fortschritt und dann seinen Untergang erleben musste, fing ich an, viele Fragen zu stellen, welche schließlich alle auf eine einzige hinausliefen. Sie lautet: ‚Warum treffen die Menschen Entscheidungen und wählen Aktionen, welche ihre Situation und die des ganzen Landes verschlechtern, obwohl sie vorher gesehen haben, welche das Leben aller verbessert hatten?‘ Seither bohre ich ständig an dieser Frage rum.«

Der Professor antwortete:

»Mir scheint, dass diejenigen, welche die Sachen verbessern und diejenigen, welche das Übel bringen, nicht dieselben sind.«

»Ja, ich weiß, aber letztere haben auch gesehen, was die Sachen verbesserte. Scheinbar wird es schwierig sein, das herauszufinden«, antwortete Atal. Dann wollte er wissen:

»Und welches ist Ihre Frage?«

»Meine war die des Sinns des Lebens.«

»Sie sagen war... Haben Sie etwa die Antwort gefunden?«

»Ohne falsche Bescheidenheit muss ich ja sagen.«

»Und... was ist der Sinn des Lebens? Ein ganz besonderer Gott, oder die Liebe, die Philosophie, die Familie, der Menschheit dienen?«

»Keins davon! Ich suchte während vielen Jahren in diese Richtung und musste eine Möglichkeit nach der anderen verwerfen. Schließlich sah ich mich über längere Zeit in der miserablen Lage zu glauben, dass das Leben, die Welt und die menschliche Existenz überhaupt keinen Sinn haben. Doch eines Morgens entdeckte ich ihn plötzlich und ganz klar. Die Antwort ist so einfach und so überraschend... ich muss ein Buch schreiben, damit die ganze Menschheit ihn kennenlernen kann.«

»Und werden Sie es mir nicht sagen?«

»Doch, doch. Aber warum duzen wir uns nicht? Schließlich sind wir Kollegen und per du lässt es sich leichter über solche Themen sprechen. Ich heiße Pahont.«

»Einverstanden Pahont. Ich heiße Atal, wie du schon weißt...«, antwortete dieser, wobei er sich seltsam und gleichzeitig stolz fühlte, von einem Professor als gleich anerkannt zu werden. Deshalb sagte er noch: »...aber ich bin nur ein einfacher Ziegenhirt.«

»Nichts da! Ich habe schon vor langer Zeit von dir reden gehört. Oorun erzählte mir von deiner glänzenden Art zu argumentieren, obwohl du Analphabet bist.«

»War… ich war Analphabet. Aber unsere Tochter hat meiner Frau und mir das Lesen und Schreiben beigebracht.«

»Oh! Glückwunsch. Dann kann ich dir ja einige Bücher geben. Sag mir einfach, welche dich interessieren.«

Atal dankte ihm und kam gleich wieder auf ihr Gesprächsthema zurück:

»Sagst du mir nun das Geheimnis des Sinns?«

»Ah, da macht sich der Philosoph bemerkbar. Ja, also… Seit jeher haben wir Menschen versucht, der Welt, der menschlichen Existenz, dem Leben, den Sachen und Ereignissen einen Sinn hinzuzufügen… einen äußeren Sinn, welcher allem eine Bedeutung geben sollte. Dies war einer der großen Irrtümer der Menschheit.

Pass auf! Das Universum, das Leben, die Welt haben keinen Sinn, sie *sind* Sinn! Das Universum *ist* der Sinn des Universums. Du *bist* dein eigener Sinn. Deine Taten *sind* Sinn an und für sich. Unser Gespräch *ist* Sinn.«

Atal war fassungslos. Etwas hatte ihn zutiefst berührt. Als Pahont ihn so versteinert sah, sagte er:

»Du brauchst das nicht zu glauben. Wie du weißt, ist es Aufgabe des Philosophen, die Argumente und Ideen zu überprüfen. Ich lade die Kollegen und Freunde immer ein, selbst zu erfahren, was ich gesagt habe. Wenn du willst, kannst du es auch selber entdecken.«

»Ja, gern.«

»Gut. Schließ mal deine Augen und schau in dich hinein«, sagte der Professor mit ruhiger Stimme und indem er zwischen jedem Satz eine Pause einlegte, um Atal Zeit zum Beobachten und Fühlen zu geben. »Und nun sagst du zu dir selber: Ich bin Sinn. Ich bin der Sinn meiner selbst. Die Atmung und die Bewegung der Atmung ist der Sinn der Atmung und dieser Bewegung. Die Beobachtung dieser Bewegung ist der Sinn der Beobachtung… Nun lass ich dich eine Weile allein weitermachen.«

Als Atal die Augen öffnete, sagte er:

»Das ist unglaublich! Noch nie habe ich einen so tiefen inneren Frieden und eine solche Ruhe erlebt. Plötzlich hat alles seinen Ort gefunden. Die ständige Sehnsucht ist weg. Interessant ist, dass man sich nicht einmal zu überzeugen braucht von dem, was man sich sagt. Es ist einfach offensichtlich. Vielen Dank. Am liebsten möchte ich das gleich meiner Frau und den Kindern zeigen.«

»Gut. Es wird ihnen auch gut tun.«

»Uff, was für eine radikale Veränderung! Ich brauche etwas Zeit, um das zu verdauen. Im Moment habe ich zwei Fragen…«

»Warte! Ich bin noch nicht fertig. Du kannst nachher fragen. Gleich wie das Glück und die Liebe hat auch der Sinn drei Seiten. Erstens ist jedes Wesen und Ereignis Sinn an und für sich. Dann hast du gesehen, dass dein Körper, die Atmung, die Bewegung der Atmung und die Beobachtung verbunden sind. Dieser Zusammenhang aller Wesen und Ereignisse ist seine zweite Seite. An dritter Stelle ruht die Liebe in uns wie in einem Dornröschenschlaf und wenn wir gewissen Menschen begegnen, erwacht sie, rührt sich und weckt in uns starke Gefühle. Der Sinn ist auch einerseits dieses Ruhen in sich selbst in den Wesen, so wie du es eben erlebt hast. Jeder Mensch sollte sich täglich ein wenig Zeit nehmen für die Erfahrung des Sinns, der er ist und seine Zusammenhänge. Seine dritte Seite ist die Aktion, sein Sich-Geben in der Aktion. Wenn er in sich ruht, liegt der Sinn brach, aber er entfaltet sich und bringt seine Früchte, wenn wir aktiv werden. Du bist Sinn in dir selbst und mit deiner Aktion belebst du deinen eigenen Sinn und denjenigen der Wesen und Sachen, mit denen du etwas tust. Sinngebung bedeutet nicht, dem Leben und den Dingen einen künstlichen Sinn von außen aufzuprägen, sondern ihren eigenen Sinn zu wecken. Indem jeder von uns sein Leben nach seiner eigenen Natur lebt und sich etwas widmet, wie zum Beispiel der Menschheit, einem Werk, etwas das wir lieben und das uns gefällt, bringen wir seinen und unseren eigenen Sinn zum Wachsen.«

Atal atmete tief ein und sagte:

»Damit hast du meine erste Frage schon beantwortet.«

»Und wie lautet die zweite?« wollte Pahont wissen.

»Die bösen Taten... sie können keinen Sinn haben... ich meine... im Krieg war ich – manchmal durch Befehle der Offiziere, manchmal um zu überleben – gezwungen zu töten. Dabei habe ich mich immer schlecht gefühlt. Und wenn ich diese Taten jetzt unter dem neuen Gesichtspunkt als sinnvoll betrachten will, gelingt es mir nicht.«

»Da hast du Recht. Das Universum, die Natur kennen kein Gut und Böse. In ihnen sind Schöpfung und Zerstörung einfach nur Ereignisse ohne besondere Bedeutung, doch sie sind sinnvoll und sind Teil eines sinnvollen Ganzen. Aber bei den Menschen ist der Sinn ans Bewusstsein von Gut und Böse gebunden. Eine Tat ist für uns nur sinnvoll, wenn sie mit unserem Gewissen vereinbar ist. Das Gewissen wiederum will gewöhnlich die Schöpfung und das Wohl der Wesen unterstützen und fördern oder zumindest nur unvermeidbaren Schaden zufügen. Wir müssen zum Beispiel Pflanzen und Tiere töten, um zu überleben. In diesem Fall ist das Töten nicht sinnlos, weil die Welt so geschaffen ist und wir keine andere Möglichkeit haben. Das Gegenteil geschieht mit den

Kriegen. Sie sind eigentlich alle vermeidbar. Aber es gibt Menschen, die sich aus Egoismus, Geld- und Machtgier sowie ideologischem oder religiösem Wahn Vorteile vom Krieg versprechen. Und auch wenn du in diesem grausamen, von anderen organisierten Verbrechen unschuldig bist, kannst du darin keinen Sinn und kein Wohlbefinden erreichen. Deshalb müssen wir uns auch unaufhörlich für eine gerechte und friedliche Welt einsetzen.«

»Schön wärs, wenn wir das erreichen könnten. Aber ich befürchte, dass ich bald wieder töten muss, denn es gibt keine andere Möglichkeit, uns von der Unterdrückung und den Missbräuchen der FO zu befreien.«

»Ja, es ist schade. Aber wir Menschen dürfen keinerlei Tyrannei dulden, denn in ihr ist das Leben auch sinnlos.«

Nach dem letzten Schluck Wein sagte der Professor:

»Ich denke, für heute reicht es. Unser Freund, der Lehrer von Azoka hat mir von deiner Tochter Nischii erzählt. Morgen beim Frühstück erkläre ich dir, was für Möglichkeiten sie hat zu studieren.«

»Ganz herzlichen Dank Pahont. Gute Nacht.«

Atal nahm am Morgen den ersten Bus in der Hoffnung, mit etwas Glück in zwei oder drei Tagen zu Hause zu sein. Unterwegs versuchte er, eines der Bücher zu lesen, die Pahont ihm gegeben hatte, aber das ständige Rütteln und eine leichte Übelkeit zwangen ihn aufzuhören. Also widmete er seine Aufmerksamkeit der schönen Landschaft und als er genug davon hatte, schloss er die Augen, um noch einmal seinen Sinn zu erleben. So in sich vertieft, bedrängte ihn plötzlich seine eigene existentielle Frage ganz stark:

»Warum entscheiden sich die Menschen dafür, ihr Leben und das des ganzen Landes zu verschlechtern, obwohl sie wissen, was gut für alle wäre? Zuerst muss ich wohl definieren, was ein gutes Leben ist. Was wünscht sich im Grunde jeder Mensch in allen Kulturen?«

Seine Überlegungen drehten sich um diese Frage, während er an jüngere und ältere Männer und Frauen, an Mädchen und Jungen vieler Gegenden und vieler Kulturen dachte, bis er zum folgenden Schluss kam:

»Die tiefste Sehnsucht jedes Menschen in allen Kulturen ist, sich mit sich selbst in Harmonie und in Frieden zu fühlen, in guter Verbindung mit anderen zu leben und von ihnen akzeptiert zu werden, um ein gutes, erfülltes, friedliches, intensives, freies, glückliches und sinnvolles Dasein in einer verheißungsvollen Umgebung und in Harmonie mit der Natur leben zu können.«

Diesen Satz wiederholte er mehrere Male, als wollte er ihn auswendig lernen.

»Bei Gelegenheit werde ich ihn aufschreiben. Wenn die Leute nur schon diesen Satz kennen würden und was darin steht, als Ziel vor sich hielten, könnte sich schon einiges verbessern«, sagte er sich und fuhr fort: »Das ist also unser Bestreben. Aber warum wenden wir uns von diesem Ziel ab und – vor allem – warum gibt es Leute, die alles tun, um anderen Menschen ein gutes Leben zu verunmöglichen?«

Gerade am Ende dieser Frage hielt der Bus brüsk an. Atal öffnete die Augen und sah draußen vier mit Maschinenpistolen bewaffnete Fundamentalisten, drei von ihnen vorne bei der Tür und einer hinten. Der Fahrer öffnete die Tür und die Fundamentalisten befahlen allen auszusteigen. Da Atal in der zweiten Reihe saß, hatte er knapp Zeit, seine Bücher unter dem Sitz zu verstecken. Dann stieg er mit den ersten Fahrgästen aus und ging nach hinten, damit die anderen Platz zum Aussteigen haben.

Als letzte stieg eine Frau mit der Hilfe ihres Mannes aus. Der Fundamentalist, der vor der Tür stand, schrie sie an:

»Was versteckst du da unter deinem Kleid?«

Ihr Gatte antwortete:

»Das ist unser Sohn.«

»Ich habe sie gefragt, nicht dich«, schrie der Fundamentalist und richtete sich nun wütend an sie:

»Was versteckst du da? Antworte, du Hure!«

Sie war verloren, sowohl wenn sie antwortete als auch wenn sie schwieg, denn das neue Gesetz der FO schrieb vor, dass keine Frau mit einem Unbekannten sprechen dürfe. Doch da gab ein junger Mann dem Fundamentalisten einen heftigen Faustschlag an die Schläfe, riss ihm die Maschinenpistole aus den Händen und erschoss die zwei neben ihm. Dann schoss er dem ersten in den Kopf.

Atal bemerkte, dass der Junge den vierten, der hinten beim Bus neben ihm stand, nicht erschießen konnte, weil sich Passagiere zwischen ihnen befanden. Aber dieser hob seine Waffe, um loszufeuern, weshalb Atal blitzschnell seinen Dolch zog und ihn dem Fundamentalisten in den Hals stach. Dann schrie er den Jungen an:

»Du bist verrückt! Dieser hätte uns alle umbringen können!«

Der Junge antwortete mit einem fröhlichen Lächeln:

»Ich habe schon mit dir gerechnet.«

»Du konntest nicht wissen, wie ich reagieren würde… …du kennst mich ja gar nicht.«

»Doch, ich kenne dich. Aber darüber werden wir später reden. Jetzt müssen wir die Leichen entsorgen und die Spuren der Ereignisse verbergen.«

Dann richtete er sich an die anderen Männer:

»Bitte, versteckt die Toten hinter jenem Felsen und bedeckt das Blut mit Sand, damit niemand sehen kann, was hier geschehen ist. Ich bringe das Fahrzeug dieser Arschlöcher ein wenig weiter nach vorne, um ihre Kollegen zu täuschen, wenn sie sie suchen kommen. Vergesst nicht, mich mitzunehmen. Ich werde Autostopp machen«, sagte er wieder lachend, als wäre das Ganze nur ein lustiges Spiel.

Während sie die Leichen versteckten und die Spuren verwischten, fragte sich Atal die ganze Zeit, wer dieser junge, glänzende Krieger sein könnte. Als die Arbeit beendet war, setzte er sich wieder auf den gleichen Platz, aber die anderen Passagiere drängten sich aus Respekt vor ihm alle auf die hinteren Sitze. Der Junge wartete etwa einen Kilometer weiter unter einem Baum, neben dem Militärfahrzeug. Er stieg ein und setzte sich neben Atal. Bevor sie begannen zu sprechen, kam der Mann der angegriffenen Frau, um sich beim Jungen dafür zu bedanken, dass er ihnen das Leben gerettet hat. Dann zog er sich zurück und die beiden Männer begannen zu sprechen.

»Hallo Atal. Ich wette, du erinnerst dich nicht mehr an mich.«

»Diese Wette gewinnst du.«

»Sagt dir die Schlacht von Felekth etwas?«

»Wie könnte ich sie vergessen? Da habe ich meinen besten Freund verloren.«

»Ja, das war ein großer Verlust. Ich bewunderte Oorun sehr, aber noch mehr bewunderte ich dich. Wie du dich hinter die Linien des Feindes schlichst, um ihren General als Geisel gefangen zu nehmen, so dass sie kapitulieren mussten, war genial und rettete unzählige Leben.«

»Augenblick… damals warst du etwa siebzehn Jahre alt… du warst der Bote, der uns die Befehle brachte!«

»Genau. Ich heiße Roobat und bin der Sohn deines Freundes Khwazun.«

»Des Generals…!?!?«

»Ja, aber sprich leiser! Niemand darf erfahren, wer wir sind und was wir hier machen.«

»Freut mich, dich kennenzulernen. Und was tust du hier?« fragte Atal nun fast flüsternd.

»Ich habe den Auftrag, den Kampf in deiner Provinz zu koordinieren, die Leute vor Ort zu informieren und das notwendige Material für den Befreiungsschlag zu liefern. Es scheint, dass die Information, die du meinem Vater über die Essgewohnheit der Fundamentalisten gegeben hast, sich bestätigt und dass sie sehr nützlich sein wird. Deshalb haben wir mit den ausländischen Mächten gesprochen, um den Befreiungsschlag vorzuverlegen.«

»Wenn du wüsstest, wie sehr mich das freut. Und wann werden wir zuschlagen?«

»Vermutlich diesen Sommer. In Azoka seid ihr etwa zweihundert bewaffnete und kampffähige Männer und in Rakog zweihundertfünfzig, nicht wahr? Sicherheitshalber schicken wir euch, zusammen mit dem Gift Maschinengewehre, Munition und Handgranaten. Am besten macht ihr, dass den Fundamentalisten am Vorabend des Angriffs der Kaffeeee ausgeht, um ihnen am Morgen früh den neuen, vergifteten zum Frühstück zu bringen. Zu dieser Zeit müsst ihr alle an diskreten Orten kampfbereit sein für den Fall, dass das mit dem Gift schief läuft oder nicht alle daran sterben.«

»Mir scheint das ein guter Plan. Wir werden bereit sein. Habt ihr auch an die Fanatiker im Dorf gedacht, die mit den Fundamentalisten sympathisieren?«

»Ja. Wir empfehlen, dass sich sicherheitshalber in jedem Dorf und in jeder Stadt drei bewaffnete Männer diskret in der Nähe des Hauses jedes Fanatikers aufhalten. Zwar denken wir, dass die Fanatiker nichts tun werden, wenn sie sehen, dass die Fundamentalisten verloren sind. Aber zur Sicherheit… Am gleichen Tag werden wir alle radikalen Hassprediger im Land verhaften. So wird dieses Übel ein für alle Mal zu Ende gehen, gleich wie unsere Reise. Schau, wir kommen an. An der Haltestelle werde ich eine kleine Show abziehen, um die Leute abzulenken. Nutze den Moment, um zu verschwinden, bevor sie anfangen, über uns zu reden.«

»Sehr gut. Vielen Dank für alles und bis bald, mein Freund.«

»Bis bald.«

Roobat stieg aus und täuschte einen Wahnsinnsanfall mit Zittern, Schreien, verrücktem Lachen und verdrehten Augen vor. Als Atal verschwunden war, hielt Roobat plötzlich inne, starrte in eine Richtung und sagte:

»Wohin ist mein Freund gegangen? Bitte, helft mir! Habt ihr ihn gesehen? Ist er dort drüben?« fragte er, während er mit dem Finger in eine Straße voller Leute zeigte. Als alle in diese Richtung guckten, verschwand er in weniger als zwei Sekunden und wurde nicht mehr gesehen.

Der Heimweg durch die Berge war ganz anders als die hoffnungsvolle Wanderung in Richtung Hauptstadt. In Gedanken versunken, konnte Atal die Landschaft kaum bewundern und manchmal vergaß er sogar, wachsam zu sein.

»Diejenigen, die uns unser Recht auf ein gutes Leben rauben, sind eine kleine Minderheit, die aus drei Gruppen besteht: Geldgierige, Machtgierige und Religionsfanatiker«, sagte er zu sich selber. »Sie sind so mächtig, weil sie ihre ganzen bösen Kräfte kombiniert einsetzen, um ihre üblen Ziele zu erreichen. Als wichtigste Mittel verwenden sie die Politik, das Finanzsystem, die Massenmedien und Kriege, um die Leute mit Hassverbreitung, Lügen und Manipulation, arm und zerspalten zu halten. Aber warum sind sie so? Was treibt sie dazu, so viel Böses zu tun? Alle drei Gruppen übertreiben maßlos. Die Gierigen haben nie genug. Sie leiden an einem übertriebenen Bedürfnis nach mehr und mehr. Die Religionsfanatiker können sich auch nie mäßigen. Ihre Gesichtspunkte und Forderungen sind immer absolut. Normalerweise übertreiben die Leute, wenn sie sich unsicher fühlen... Ja klar! Das ist es! Sie alle haben Angst! Bei einem Gespräch mit Oorun über das Thema kamen wir zum Schluss, dass es nur eine Angst gibt, dass diese aber auf sehr viele unterschiedliche Weisen wirkt. In unserem Fall zum Beispiel hat der Gierige Angst, zu wenig Geld zum Leben zu haben. Deshalb will er maßlos mehr und mehr. Und der Machtgierige hat Angst, die Kontrolle zu verlieren. Also will er obsessiv alles und alle unter seiner Kontrolle halten und beherrschen. Und der Religionsfanatiker fürchtet sich vor dem Leben, vor der Verantwortung, die das Leben verlangt, vor den starken Gefühlen, vor der Wirklichkeit und ihren Herausforderungen. Deshalb kämpft er gegen das Leben und flüchtet in Jenseitsfantasien und in die eines Lebens nach dem Tod.

Das heißt, dass es diesen Leuten schlecht geht! Aber das gibt ihnen nicht das Recht, so zu handeln, wie sie es tun! Und wir, die normalen Menschen, brauchen ihre Exzesse nicht zu ertragen! Sie sollen ihre Ängste ablegen oder zum

Psychiater gehen! Wir wollen einfach nur gut leben, ohne die Auswüchse dieser Kranken aushalten zu müssen.

Mein ganzes Leben lang im Dorf und während des Krieges in verschiedenen Gegenden und Städten habe ich beobachtet, dass die meisten Menschen ganz einfach ein gutes Leben haben wollen und dafür kämpfen und arbeiten wir jeden Tag so gut es geht. Aber auch so verirren wir uns oft in persönlichen Streitereien und lassen uns durch Ideologien, Religionen, Nationalismus usw. täuschen, aufhetzen und spalten. Wir können die derzeitige Lage nur überwinden, wenn wir fähig sind, die Ideen, welche uns teilen, ausfindig zu machen und abzulegen, um wieder zusammenzufinden und so unser wahres Ziel zu erreichen. Dafür muss jeder in Wort und Tat das Wohl aller Menschen und aller anderen Wesen anstreben. Das klingt sehr schön, aber wie können wir es schaffen? Um es zu erreichen, muss ich wohl eine Strategie entwickeln.«

Atal unterbrach seinen inneren Monolog, als er einen Bergkamm erreichte und von der Schönheit des Tals, das vor ihm lag, überwältigt wurde. Er musste sich hinsetzen, um eine Weile dieses Wunder zu betrachten. Danach aß er etwas und wollte kurz ruhen. Aber er schlief ein und erwachte erst viel später nach einem intensiven Traum. Darin befand er sich auf einem großen Platz in einer unbekannten Stadt. Um ihn herum gab es viele Leute in kleinen Gruppen von drei bis fünf Personen. In jeder Gruppe griff ein Mensch die anderen an, um sie zu bestehlen, zu schlagen, zu demütigen oder zu missbrauchen. Atal fühlte ein starkes Bedürfnis, den Misshandelten jeder Gruppe zu helfen. Da es aber so viele waren, wusste er nicht, in welche Richtung er zuerst rennen sollte und blieb mit dem Gefühl stehen, dass seine Füße am Boden klebten. Mit diesem Ohnmachtsgefühl erwachte er gerade in dem Augenblick, als Oorun am Rand des Platzes erschien und rief: ‚Vereinigt euch und verteidigt euch zusammen!'

»Das ist es!« sagte er sich. »Wenn jeder Mensch, der das Gute will, unmittelbar gegen jede Art Ungerechtigkeit kämpft und die Übeltäter ausschalten hilft, werden wir es schaffen, denn wir sind die große Mehrheit. Im Krieg habe ich Hilfsorganisationen gesehen, die den Verletzten und Hungernden auf beiden Seiten beistanden. Zuerst verstand ich das nicht und fragte Oorun. Er erklärte mir, dass es in den meisten Ländern zahlreiche Organisationen gibt, welche für das Wohl vieler Gemeinschaften einstehen und arbeiten, um so bessere Arbeitsbedingungen, medizinische Versorgung, Pensionen, Frauenrechte usw. zu erreichen. Oorun sagte mir: ‚Und wenn eine Gemeinschaft unzufrieden ist, tun sich seine Mitglieder zusammen, um zu demonstrieren und zu streiken.' Ich fragte ihn: ‚Und erreichen sie, was sie wollen?' ‚Das ist schwierig. Die Politiker tun alles Mögliche, um sie zu spalten und sie so lange wie's geht mit Lügen, falschen Versprechungen und täuschenden Gesetzen bei der Stange zu halten.'

»Warum unterstützen sich die vielen Organisationen und Gemeinschaften nicht gegenseitig?« fragte Atal sich selbst noch halb verschlafen. »Die Pensionisten, die Frauen, die Arbeiter, diejenigen, die zu hohe Mieten bezahlen, ganze Länder, die von den Banken und Spekulanten geplündert werden, Menschen, die sich nicht frei ausdrücken dürfen, sie alle kämpfen in verschiedenen Lebensbereichen um ihre Rechte, aber das ultimative Ziel aller ist ein besseres Leben. Meiner Meinung nach ist jede dieser Gruppe allein zu schwach. Sie könnten sich aber zusammentun und sich gegenseitig unterstützen. So wären sie sehr viele, ja sogar fast die ganze Bevölkerung und sie hätten eine überwältigende Macht. Ich stelle mir zum Beispiel eine Demonstration der Pensionisten vor… hinter ihnen die Frauen, die Arbeiter und alle anderen Gruppen, die sie unterstützen und die einen Streik ansagen, falls die Situation der Pensionisten sich nicht schnell verbessert. Sie würden in kürzester Zeit sehr viel erreichen. Und wenn dann im umgekehrten Fall den Frauen Unrecht geschieht, werden die Pensionisten, die Arbeiter und alle anderen Gruppen zu ihrer Unterstützung mobilmachen. Ja, das wird vieles sehr schnell verbessern. Ich muss mit den Leuten darüber reden…«

Atal erreichte Azoka am vierten Tag gegen Abend. Als er durch die Straßen des Dorfes ging, bemerkte er, dass etwas nicht stimmte. Die Leute, die er fragte, was los sei, schauten traurig zu Boden, gaben aber keine Antwort. Also ging er schnell nach Hause, wo er Erieel und Nischii weinend vorfand.

»Sie haben Rangul verhaftet und werden sie steinigen«, sagten sie, während sie sich in seine Arme warfen.

Rangul war eine junge Witwe. Ihr Mann war im Krieg gestorben und der Rest der Familie in einem Busunfall. Sie selber überlebte den Unfall, aber ihr rechtes Bein blieb steif, so dass sie nur mühsam gehen konnte.

Da sie keine Familie hatte, durfte sie seit der Ankunft der Fundamentalisten das Haus nicht mehr verlassen Die Dorfbewohner brachten ihr Lebensmittel und andere

Sachen, die sie benötigte und einige Frauen besuchten sie, damit sie nicht immer allein sein musste.

Am Tag von Atals Heimkehr, aber am Morgen, klingelten vier Fundamentalisten-Soldaten an ihrer Türe, um Lebensmittel abzuholen. Sie sagte:

»Tut mir leid. Ich kann Ihnen nichts geben, da ich selber vom guten Willen der Dorfbewohner lebe.«

Ein Soldat sagte:

»Wir durchsuchen dein Haus, um zu sehen, ob du die Wahrheit sagst.«

Rangul wollte auf die Seite treten, um sie reinzulassen. Wegen ihres steifen Beins musste sie dabei eine ausschweifende Bewegung mit der Hüfte machen.

»Was machst du da? Du willst uns mit deiner Hüfte verführen, du unzüchtige Hure! Wir müssen dich verhaften.«

Sie nahmen sie mit ins Quartier, wo sie die arme Frau gleich zum Tod durch Steinigung verurteilten.

Einige Dorfbewohner, die Zeugen der Verhaftung geworden waren, gingen zu den Soldaten, um ihnen zu erklären, warum Rangul beim Gehen diese ungewöhnliche Bewegung macht. Sabawoon Khark kam raus und drohte, sie zu erschießen, wenn sie nicht sofort verschwinden würden. Dann rief er ihnen noch lachend nach:

»Ihr Männer könnt euch morgen früh mit Steinen von ihr verabschieden.«

Baz kam etwas später nach Hause und sagte sogleich:
»Hallo Papa. Morgen wird Rangul gesteinigt. Gehst du auch hin?«
»Nein Baz, ich gehe nicht«, antwortete Atal wütend »und wenn ich einmal erfahre, dass du an sowas Erniedrigendem und Menschenunwürdigem teilgenommen hast, werde ich dich aus dem Haus werfen und du wirst nicht mehr mein Sohn sein. Verstanden?«
»Ja Papa«, antwortete Baz erschrocken, denn er hatte seinen Vater noch nie so wütend gesehen. Dann zog er sich beschämt in sein Zimmer zurück.

Kaum wurde es dunkel, versteckte Atal seine geladene Pistole und den Dolch unter seiner Jacke und machte sich auf den Weg ins Dorf mit der Absicht, die Männer zu organisieren, um Rangul zu retten. Beim Gehen sagte er zu sich:
»Wir müssen alle Kommunikationsmöglichkeiten unterbinden und dann die Fundamentalisten in einer Blitzaktion erledigen, bevor sie Rangul töten können. Danach stellen wir an jeder Zufahrtsstraße einen Hinterhalt auf für den Fall, dass noch mehr dieser Hunde kommen

wollen. Ich rechne, dass wir etwa drei Wochen widerstehen können, bis der große Angriff der Regierung die endgültige Befreiung bringt.«

Aber gerade als er seinen Blick in der Dunkelheit auf den anderthalb Kilometer entfernten Ort richtete, wo sie einen Hinterhalt aufstellen würden, sah er dort mehrere Lichtpaare von Autos oder Lastwagen stehen.

»Sind sie es etwa, die uns eine Falle stellen?«

Er ging zu Paytal nach Hause, wo der Vater mit seinen fünf Söhnen und dreißig weiteren Männern auf ihn warteten.

»Die restlichen Männer stehen auch bereit und warten auf unser Zeichen«, sagten sie.

Atal erzählte ihnen, was er gesehen hatte. Da beschlossen sie nachzuschauen, was es genau sei. Atal näherte sich den Lichtern mit zwei erfahrenen Männern auf einem Ziegenpfad bis auf dreißig Meter. Trotz der Dunkelheit konnten sie etwa hundertvierzig Fundamentalisten zählen. Zudem sahen sie zwei Maschinengewehre auf je einem Laster.

Schnell kehrten sie zu Paytals Haus zurück. Alle verstanden, dass wenn sie die Fundamentalisten im Gemeindehaus angreifen würden, die anderen mit den Lastwagen kämen, um das ganze Dorf umzubringen. Deshalb beschlossen sie, den Angriff abzubrechen und alle

Leute im Dorf außer die Fanatiker und den Spion Ghayam zu warnen, damit sie ihre Häuser verlassen und sich in den Bergen verstecken können. In weniger als einer Stunde war kein guter Mensch mehr im Dorf außer die arme Rangul.

Früh am Morgen mussten sie von einer Anhöhe aus ohnmächtig und traurig zusehen, wie Rangul vom Gemeindehaus aus auf den Dorfplatz geführt wurde, wo ein Haufen Steine bereitlag. Dann wurde das Tor zum Platz geöffnet und sechs der Fanatiker, die seinerzeit das Einweihungsfest des Kanals verlassen hatten, wurden reingelassen; unter ihnen auch Rohaks Vater Tunar. Sie alle schrien Rangul Beleidigungen zu und steinigten sie dann. Oben auf der Anhöhe weinten sogar die härtesten Männer vor Trauer, Wut und Ohnmacht.

Kurz darauf sahen sie, dass die Lastwagen außerhalb des Dorfes abzogen. Niedergeschlagen, aber auch erleichtert, dass sie nicht in die Falle der Fundamentalisten geraten waren, kehrten sie ungesehen in ihre Häuser zurück.

Ranguls Steinigung machte Atal so traurig und so wütend, dass er die Geschenke, welche er in der Hauptstadt gekauft hatte sowie die Bücher von Professor Pahont völlig vergaß. Erst als er nach drei Tagen per Zufall den Sack sah, den er hinter der Türe versteckt hatte, erinnerte er sich wieder. Ein Blick in den Sack gab ihm ein wenig Lebensfreude zurück. Nach dem Abendessen war die beste Gelegenheit, die Geschenke zu verteilen.

»Erieel, meine Liebe, ich bin sehr stolz darauf, wie gut du lesen und schreiben gelernt hast. Deshalb habe ich gedacht, es wird Zeit, dass du dein erstes Buch liest«, sagte er, während er ihr einen kleinen Band mit Kurzgeschichten gab und dann fortfuhr: »und wenn du willst, kannst du dieses neue Kleid anziehen, um dich als Leserin einzuweihen.«

»Und jetzt du, Nischii. Ich glaube, du brauchst auch ein neues Kleid... um... zu... studieren«, sagte er, während er ihr ein Kleid und den ersten Band des ersten Kurses der Fakultät für Medizin gab. »In der Stadt habe ich mit einem Professor gesprochen. Er ist ein Freund eures Lehrers und war auch ein Freund Ooruns. Er hat mir die verschiedenen Möglichkeiten erklärt, die du hast. Du musst wählen, in welches Land du gehen willst. In einigen bekommst du finanzielle Unterstützung. Außerdem wird dir der Professor mit einem Empfehlungsschreiben helfen.«

Die zwei Frauen waren außer sich vor Freude. Atal wartete ein wenig, damit Baz anfing zu zweifeln, ob er auch ein Geschenk bekommen werde. Dann sagte er:

»Und für dich Baz... wird es Zeit, dass du ein Mann wirst. Deshalb habe ich dir diesen hervorragenden Dolch gebracht. Du wirst anfangen können, ihn zu gebrauchen, sobald wir dein Initiationsritual mit dem Rat gemacht haben. Das wird nächsten Monat sein, wenn du mit der Schule fertig bist.«

Nachdem Rohak um Nischiis Hand angehalten hatte, versuchte sie vergebens, wie vorher weiterzuleben. Sie musste einsehen, dass es nicht leicht war, auf der siebten Wolke der Liebe zu schweben. Es stand so schlimm um sie, dass sie unfähig war, sich ein paar Minuten aufs Lernen zu konzentrieren. Und in ihrer Rolle als Lehrerin versagte sie gänzlich. Schließlich entschied die Familie – unter Witzen und viel Gelächter –, auf die Klassen zu verzichten. Aber gleich am nächsten Tag wollte der Lehrer Baz Nischiis Abschlussprüfung geben. Baz sagte:

»Gut, ich werde sie ihr schicken.«

»Ist sie verreist? Wohin wirst du es schicken?«

»In den siebten Himmel. Da schwebt sie irgendwo im Liebestaumel.«

»Ei, ei, ei. In dem Fall ist es besser, wir warten ein paar Monate, sonst kommt eine Katastrophe raus; und das wäre schlecht für ihre Karriere. Sag mal Baz, ist Rohak der Glückliche?«

»Ja.«

»Er ist ein netter Junge und die zwei bilden ein gutes Paar. Meinen Glückwunsch den beiden.«

Der Abbruch des Unterrichts kam Atal gelegen, denn er wollte bis zum Initiationsritual noch ein paar Details an Baz's Erziehung verbessern. Eines Tages fragte der Junge:

»Papa, stimmt es, dass im Heiligen Buch steht, die Frauen seien dümmer als die Männer, wie die Fanatiker bei der Einweihung des Kanals sagten?«

»Sie sagten nicht, die Frauen seien dümmer, sie sagten, ‚Den Frauen fehlt Intelligenz'.«

»Das ist doch dasselbe...«

»Nein Baz. Das ist nicht dasselbe. Wenn du sagst, sie seien dümmer als die Männer, ist es ein Vergleich. Die Fanatiker sagten, den Frauen fehle die Intelligenz. Das will heißen, sie seien von Natur aus fehlerhaft. Mit den Worten muss man aufpassen!«

»Und steht das im Heiligen Buch?«

»Das sagen sie. Ich weiß es nicht. Ich hab´s nicht gelesen.«

»Wirst du es lesen?«

»Ja, später einmal.«

»Und glaubst du, ihnen fehlt die Intelligenz?«

»Ich weiß es nicht. Das müsste man gründlich erforschen. Aber mir scheint, unsere beiden Frauen zu Hause sind sehr intelligent. Meinst du nicht? Und Apana vom Lebensmittelgeschäft rechnet viel schneller als ihr Mann, wie viel die Kunden zahlen müssen; und zwar im Kopf, ohne Papier und Bleistift. Aber wenn ihr Mann da ist, macht sie es ganz langsam, damit er sich gescheiter vorkommt als sie. Damit beweist sie nicht nur, dass sie intelligenter ist, sondern auch schlau. Einige Länder werden von Frauen regiert. In Russland und in den Vereinigten Staaten gibt es Frauen im Team der Ingenieure des Raumfahrtprogramms. Wenn sie dumm wären, würden die Astronauten wahrscheinlich nicht heil auf die Erde zurückkehren. In den Krankenhäusern schauen sie mit Strahlen in die Körper hinein, die von einer Frau entdeckt wurden.«

»Aber alle großen und wichtigen Bücher wurden von Männern geschrieben.«

»Ja, Baz. Dann sag mal zu diesem Thema, was die Fundamentalisten gemacht haben, als sie ins Dorf kamen.«

»Sie verboten den Mädchen, zur Schule zu gehen.«

»Siehst du. Die gleiche Tragödie erlitten die Frauen zu allen Zeiten auf der ganzen Welt unter dem Joch der Religionen. Wie sollten sie große Bücher schreiben, wenn man sie nicht einmal lernen lässt?«

»Dann könnte es also sein, dass das Heilige Buch nicht die Wahrheit sagt.«

»Pass auf! Diese Worte können dich das Leben kosten.«

»Aber es wäre möglich oder?«

»Nimm Papier und Bleistift und schreib!«

»Ja, Papa. Was soll ich schreiben?«

»Schreib: Ein Furz riecht nicht, wenn keine Nase in der Nähe ist.«

»Papa! Das ist Blödsinn! Es ist das dümmste, was du je gesagt hast.«

»Schreib es!«

»Ja Papa.«

Als Baz fertig war, sagte Atal:

»Und jetzt schreib: Ich habe die schlimmste Sünde begangen, die ein Mensch begehen kann; ich war nicht glücklich.«

»Das ist wunderschön!«

»Es ist vom argentinischen Dichter Borges. Oorun hat es mir öfter vorgelesen. Er sagte, es sei unsere Lebensaufgabe, glücklich zu sein. Schreib es!«

Als Baz es aufgeschrieben hatte, fragte Atal:

»Was hast du geschrieben?«

»Eine riesige Dummheit und etwas Wunderschönes und Weises.«

»Und was hat das Papier gemacht?«

»Nichts. Was kann das Papier schon machen? Nichts.«

»Siehst du? Das Papier nimmt alles an. Alle Bücher und anderen Texte sind von Menschen geschrieben. Wir, die Leser müssen erkennen und unterscheiden. Du musst zwischen dummen und intelligenten Sätzen, zwischen Wahrheit und Lüge unterscheiden, nicht das Buch.«

»Dann ist aber kein Buch mehr heilig.«

»Was zählt, ist unser Bewusstsein und sein Unterscheidungsvermögen. Schriften, Texte, Worte können alles sagen und können sehr mächtig sein. Sie schaffen Glück oder Unglück, Wachstum oder Zerstörung, Wohlstand oder Elend. Mit ihnen muss man sehr vorsichtig sein, denn sie sind gefährlicher als Gewehrkugeln. Deshalb fürchten die Fundamentalisten sie so sehr. Aber noch mehr fürchten sie sich vor Menschen mit hellem und freiem Bewusstsein.«

»Wenn das Bewusstsein und das Unterscheidungs-vermögen das Wichtigste sind, brauchen wir keine Bücher, die uns sagen, wie wir zu leben und was wir zu tun haben.«

»Genau. Aber unser Unterscheidungsvermögen entwickelt sich, wenn wir viele Bücher lesen und ihre Argumente vergleichen. Wir haben es an dir selber gesehen. Du gehörtest zu den Letzten der Klasse und als du begannst aufzupassen und mehr zu lesen, wurdest du einer der besseren...«

»Der Beste!«

»Stimmt, der Beste. Siehst du, wie wichtig es ist, sich genau auszudrücken? Vorher hätten wir dieses Gespräch nicht haben können. Durch deine Anstrengung bist du geistig stark gewachsen.«

»Und du? Wie erreichtest du das Unterscheidungsvermögen, wenn du nicht lesen konntest?«

»Bei Gesprächen und Auseinandersetzungen über unterschiedliche Themen mit Oorun. Außerdem hat er mir aus Philosophiebüchern vorgelesen und danach haben wir darüber diskutiert. Er hat mich systematisch trainiert. Das ist der Schatz, den er mir geschenkt hat und dank dem ich frei geworden bin. ‚Danke Oorun'«, sagte Atal mit der rechten Hand auf dem Herzen. Dann fuhr er fort:

»Das Wort Intelligenz kommt vom Lateinischen und heißt ‚unterscheiden zwischen'. Das Erste, das wir tun, wenn wir Wörter hören oder lesen, ist ihre Bedeutung verstehen. Dann unterscheiden wir, ob sie wahr sind oder nicht, ob sie gefallen oder missfallen. Der zweite Teil der

Intelligenz ist die Wahl unserer Reaktion. Du entscheidest, wie du reagieren und auf die Worte und Begebenheiten antworten willst. Diese Fähigkeit, deine Reaktion zu wählen, ist dein Freiheitsraum. Die Dummen reagieren automatisch, je nachdem, wie das Leben sie vorprogrammiert hat und in welcher Laune sie sich gerade befinden. Aber diejenigen, die entscheiden, dass sie die Antwort wählen wollen, genießen viel Freiheit und die Möglichkeit, ihr Leben in die eigenen Hände zu nehmen.«

»Interessant«, antwortete Baz, »aber es gibt sicher auch Situationen, die keine Wahl zulassen…«

»Zum Glück sind es sehr wenige, denn diese sind meistens ganz schlimm«, erklärte Atal und fuhr fort:

»Vorher habe ich gesagt, Worte seien gefährlicher als Gewehrkugeln. Jetzt sag mal, welches ist die mächtigste Waffe der Welt?«

Baz überlegte einige Sekunden und antwortete:

»Das Gehirn!«

»Sehr gut. Und welches ist das gefährlichste und zerstörerischste Gehirn?«

»Ich weiß nicht.«

»Denk ein wenig nach.«

»Keine Ahnung.«

»Dasjenige, das ohne Gewissen, ohne Ethik und Liebe funktioniert.«

»Danke, Papa.«

»Bitte. Und denk daran: manchmal, wenn die Macht sich in den Händen von Fanatikern oder anderswie Gestörten befindet, ist es besser, diesen Schatz verborgen zu halten.«

»Verstehe.«

Nach einer kurzen Stille fuhr Baz fort:

»Papa, ich verstehe nicht, warum einige Männer versuchen, die Frauen zu unterdrücken.«

»Das ist interessant; Oorun und ich, wir stellten uns die gleiche Frage und nach langen Diskussionen kamen wir zu einem klaren Schluss. Ich erkläre ihn dir, aber du musst dann selber überlegen, ob du damit einverstanden bist.«

»Das werde ich. Erzähl mal!«

»Viele Männer fürchten sich vor dem Leben. Sie haben Angst vor dem Erwachsenwerden und Verantwortungen auf sich zu nehmen, Angst, als ganze Menschen aufrecht im Leben zu stehen. Um weiter kleine Kinder sein zu können, erfinden sie einen Vater im Himmel, dem sie sich unterwerfen. So leben sie in einem gefälschten, geistig beschränkten, träumerischen Zustand und sind dabei alles außer echte Männer. Aber ihr Körper erinnert sie, dass er gewachsen ist und wie ein Mann leben will. Sie wollen unschuldige Kinderlein sein, sind aber genau das Gegenteil.

Ihr Leib rüttelt sie mit seinen Instinkten und sexuellem Begehren durcheinander. Da dies nicht zum Wunsch des Kindseins passt, versuchen sie, ihn mit allerlei Mitteln wie Fasten, Gebeten usw. zu unterdrücken. Und wenn einer meint, er habe es geschafft, geht eine Frau vorbei und zack, schon steht sein Glied steif aufrecht und all seine Anstrengungen waren vergebens. Deshalb fürchten und hassen sie die Frauen und hassen ihren eigenen Leib. Statt sich der Realität des Lebens zu stellen und den Gebrauch des Gehirns, des Herzens, des ganzen Körpers zu genießen, wie wir gesunden, aufrechten Menschen das tun, bestehen sie auf ihrem Irrtum und versuchen, ihren Glauben zu stärken, indem sie alle anderen zwingen wollen, das Gleiche zu glauben. Sie erfinden viele Horrorgeschichten über einen strafenden Gott und Höllenqualen; sie foltern, morden, steinigen und verbrennen Menschen bei lebendigem Leib und schaffen so die Hölle auf Erden.«

»Aber warum hören sie nicht damit auf, wenn sie das wissen?«

»Sie wissen es nicht und wollen es nicht wissen. Diese Vorgänge finden im Unbewussten statt. Man entdeckt sie nur, indem man nachforscht, sich selber, die Anderen und die allgemeine Situation mit viel Wachsamkeit beobachtet und studiert. Genau deshalb fürchten sie die Bücher, welche ihren Glauben nicht bestätigen, denn einige Texte

114

könnten sie wecken. Sie fürchten die Realität, die Frauen und die Worte, die sie an die Realität erinnern.«

»Ich habe aber auch von fanatischen Frauen gehört«, fügte Baz hinzu.

»Ja, die gibt es auch. Doch im Allgemeinen leben die Frauen mehr in der Realität und scheinen mir in dieser Hinsicht vernünftiger zu sein, vielleicht gerade auch, weil sie in diesem Wahnsinnsspiel die Verlierer sind und am meisten leiden.«

»Also entsteht die Mehrheit der Übel dieser Welt durch diese Angst der Menschen vor dem Leben und ihrer Flucht in Fantasiewelten«, versuchte Baz zusammenzufassen.

»Ja. Aber es gibt noch schlimmere Menschen, solche die überhaupt kein Gewissen haben, die die Realität sehr gut kennen und sie nach ihrer Laune manipulieren. Sie gebrauchen die Religionsfanatiker zu ihrem Nutzen. Da diese psychologisch wie Kinder sind und ihr Glaube sie blendet, lassen sie sich leicht manipulieren und fallen so in die Hände der Mächtigen, welche sie für ihre eigenen Interessen benützen, wie das zurzeit hier mit der FO geschieht. Die Fundamentalisten glauben, sie dienen Gott. Und nur ihre höchsten Vorgesetzten wissen, dass der Gott, dem sie in Wirklichkeit dienen, das Geld ist.«

»Mit deiner Erklärung könnte man glauben, wir brauchen keine Spiritualität«, sagte Baz. »Unser Lehrer meinte jedoch, die Spiritualität sei sehr wichtig.«

»Und er hat recht. Aber Spiritualität hat nichts mit Religion zu tun. Religion verlangt nur, dass wir in einem kindischen Zustand bleiben, dumme Geschichten glauben und uns von Ritualen verblöden lassen. Spiritualität hingegen besteht in der Suche der Essenz von einem selbst und der Dinge mittels einer beständigen Nachforschung, wobei man strikt bei der Wahrheit bleiben muss. Dies wiederum verlangt ein klares Unterscheidungsvermögen.«

»Sehr interessant, Papa. Warum erklärst du das alles nicht auch Nischii?«

»Weil sie andere Fragen und Zweifel hat. Man soll jedem lehren, was er braucht.«

»Papa, die Sachen, die du mir erzählt hast, können dich auch das Leben kosten.«

»Ich weiß«, antwortete der Vater lächelnd, indem er den Zeigefinger auf die Lippen legte und ‚Schschsch‘ machte.

»Und warum lachst du? Macht es dir keine Angst?«

»Nein«, antwortete Atal.

»Papa, ich habe es dir noch nie gesagt, aber ich habe oft große Angst.«

»Wovor fürchtest du dich?«

»Vor vielen Sachen; dass uns etwas geschieht; und wenn ich auf der Straße die Fundamentalisten sehe, beginne ich zu zittern und spüre den Drang wegzurennen. Bis jetzt habe ich es nie getan, weil ich weiß, dass sie mir in den Rücken schießen würden, wenn sie mich weglaufen sehen. Du hast mir den Dolch geschenkt und bald werde ich auch andere Waffen handhaben müssen, aber ich merke, dass ich es nicht kann, dass ich bei einem Kampf fliehen würde.«

»Gut, dass du es mir sagst. Ich kann dir die Angst nehmen, wenn du willst.«

»Wirklich? Hast du nie Angst?«

»Nie. Ich bin immer vorsichtig und manchmal mache ich mir Sorgen, aber Angst habe ich nie. Möchtest du, dass ich dir deine nehme? Ich habe eine sehr gute Methode.«

»Ja, bitte.«

»Gut. Machen wir es gleich. Komm, gehen wir! Du musst meine Anweisungen ganz genau befolgen.«

Die beiden begaben sich ins Dorf hinunter und gingen durch die Straßen. Da sahen sie auf etwa sechzig Meter Entfernung eine Gruppe Fundamentalisten vor einem Laden.

»Siehst du sie?«, fragte Atal.

»Ja.«

»Gut. Dann nähern wir uns ihnen jetzt schön langsam. Dabei musst du sehr genau auf meine Fragen antworten und zwar so, als wäre es ein ganz gewöhnliches Gespräch.«

»Papa, willst du wirklich dorthin?«

»Ja, komm. Hast du Angst?«

»Ja, sehr viel.«

»Wo fühlst du sie?«

»Im Bauch… und in den Beinen… sie zittern.«

»Beschreib mir genau, wie es sich anfühlt.«

«Mein Magen zieht sich zusammen und in den Därmen fühle ich ein Ziehen und Reißen. Oft schwitze ich auch…«

»Erzähl nicht, was manchmal oder oft ist! Nur der jetzige Augenblick zählt. Sag mir genau, wo die Angst jetzt ist und was sie mit deinem Körper macht.«

»Das Ziehen im Bauch ist in die Leistengegend gewandert… und jetzt geht's die Beine hinunter, bis zu den Knien. Aber auch oben ist es noch… und ich schwitze… meine Beine sind ganz schwach und weich…«

»Sehr gut. Was noch? Beobachte ganz genau!«

»Es hört nicht auf, sich langsam zu bewegen und zu zerren. Es ist, als würden Seile an meinen Därmen reißen. Aber Moment… jetzt ist es weniger stark…«

»Wir kommen ihnen schon näher. Hast du bemerkt, dass sie uns beobachten?«

»Oh nein, bitte nicht!«

»Doch! Schau sie an!«

»Ich kann nicht!«

»Warum nicht? Was fühlst du?«

»Ich sterbe.«

»Und wie ist das? Was geschieht in deinem Körper?«

»Es ist heftig! Mein Inneres wird schwarz!«

»Sehr gut. Was noch?«

»Noch mehr? Ich halte es nicht mehr aus!«

»Doch, doch. Leiste keinen Widerstand. Lass die Angst kommen und dich auffressen. Lade sie ein zu kommen!«

»Okay… Jetzt nimmt sie ab…«

»Das darf nicht sein. Sag ihr, sie soll kommen! Wo fühlst du sie?«

»Im Bauch und in den Beinen ist jetzt weniger. Aber meine Vorderarme kribbeln. Es ist, als würde die Angst den Körper durch die Vorderarme verlassen.«

»Lass sie nicht gehen! Halte sie zurück! Sag ihr, sie soll zurückkommen! Wo fühlst du sie jetzt?«

»Sie geht! Sie gehorcht mir nicht… Ich fühle sie nicht mehr… Sie ist weg! Wow! Was für eine Erleichterung!«

»Was für eine Pfusch-Angst ist das denn? Ruf sie zurück!«

»Sie kommt nicht. Je mehr ich sie rufe, umso kleiner wird sie. Ich bin frei! Papa, ich habe keine Angst mehr!«

»Sehr gut, mein Sohn! Glückwunsch! Dann nimm jetzt dieses Geld und geh in den Laden, eine Tafel Schokolade kaufen. Beim Vorbeigehen kannst du die Fundamentalisten grüßen. Beobachte, was in deinem Körper vor sich geht und erzähle es mir nachher.«

»Ja, Papa.«

Baz kam mit einem großen Lächeln zurück.

»Papa, es ist unglaublich! Ich hatte überhaupt keine Angst. Ich fühle mich sooo leicht und frei. Wie wunderbar!«

»Und was hast du gelernt?«

»Dass die Angst geht, wenn man sie einlädt zu kommen. Scheinbar kann sie nur existieren, wenn wir gegen sie kämpfen. Aber wenn wir sie beobachten und kommen lassen, löst sie sich vollständig auf.«

»Genau. Das Schlimmste, was man mit der Angst tun kann, ist sie abzuweisen, zu versuchen, sie zu meiden oder zu unterdrücken und – vor allem – sie zu leugnen. Was hast du noch gelernt?«

»Dass ich mich in Zukunft immer mit dieser Methode von ihr befreien kann.«

»Das wird nicht nötig sein. Sie ist für immer weg. Was noch?«

»Ich weiß nicht…«

»Überleg ein wenig!«

»Ich weiß es nicht…«

»Dass du die Schokolade mit mir teilen sollst!«

»Ha, ha, ha. Hier bitte. Und vielen Dank Papa.«

»Nichts zu danken. Jetzt, am Anfang musst du aufpassen, damit du wegen der Angstlosigkeit keine verrückten Sachen machst. Die intelligente Vorsicht ist dein neuer Schutz.«

»Einverstanden. Wer hat dir diese Technik beigebracht?«

»Niemand. Ich habe sie im Krieg entdeckt. Damals hatte ich immer Angst. In den ersten Monaten gab es eines Tages einen massiven Angriff mit Flugzeugbomben und Artilleriegeschoßen. Ich rannte wie verrückt und fiel dabei ins Loch einer Bombe. Ich konnte nicht mehr aufstehen. Es machte keinen Sinn mehr aufzustehen. Es fielen so viele Bomben und so viele Schüsse flogen mir um den Kopf, dass ich dachte ich würde da sterben… und akzeptierte meinen Tod. Ich sagte zu mir: ‚Atal, das ist das Ende. Schauen wir, wie das ist mit dem Sterben.' Da wurde mein Geist ganz hell und ich beobachtete einfach nur noch, was sich ereignete und wie ich mich fühlte. Und dann geschah mir das, was dir soeben mit der Angst passiert ist. Am Anfang konnte ich es kaum glauben. Ich musste meinen Körper betasten, um sicher zu sein, dass ich noch lebe. Von da an war der Krieg und das Leben im Allgemeinen etwas ganz Neues.«

»Hast du die Technik außer mit mir auch mit anderen gebraucht?«

»Ja, mit sehr vielen. Im Krieg gibt es so viel Angst.«

»Und hat sie bei allen funktioniert?«

»Ja.«

»Wie gut.«

»Ja. Sie ist sehr gut. Aber jetzt muss ich mit einigen Leuten im Dorf reden. Geh nach Hause Baz.«

»Okay. Bis dann. Und noch einmal vielen Dank Papa.«

Atal wollte diskret mit mehreren Männern sprechen, um ein effizientes, schnelles, hierarchisches Kommunikationsnetz aufzubauen. Auf dem Weg zu Paytals Haus kam ihm Rokhan mit ernstem Gesicht entgegen:

»Ich glaubte, du würdest Maßnahmen gegen den Spion Ghayam treffen, hast aber nichts getan. Er ist wieder mehrere Male zur Versammlung der Fanatiker gekommen. Findest du es nicht gefährlich, dass er deine Kampfpläne den Feinden erzählt.«

»Rokhan, ein Spion in den eigenen Reihen ist vom Besten, was man haben kann, vor allem wenn man weiß, wer es ist. Er erzählt den Feinden genau, was ich will, dass sie wissen. Kein Mensch kennt jemals meine wahren Pläne bis kurz vor dem Angriff, denn ich nehme immer an, dass es Spione in den eigenen Reihen geben kann. Ghayam ist mein Instrument, mit dem ich die Fundamentalisten täusche.«

»Wow! Wie gut. Jetzt bin ich beruhigt. Aber… warte mal… dann machen die Fanatiker und die Fundamentalisten vielleicht das Gleiche mit mir… ohne dass ich es weiß…«

»Ich sehe, du lernst schnell. Aber mach dir keine Sorgen und informier mich weiter über alles, was du vernimmst. Ich kann die Informationen schon unterscheiden und ausfiltern.«

»Sehr gut. Bitte Atal, kann ich einen Augenblick mit Nischii sprechen?«

»Ich werde es mir überlegen. Vielleicht ein paar Sekunden«, antwortete Atal mit einem Augenzwinkern.

Einige der Männer, die mit Atal sprachen, warteten schon sehr ungeduldig auf den Befehl anzugreifen. Paytal beschwerte sich:

»Meine Söhne und ich haben dir schon lange gesagt, dass unsere Gewehre geladen und die Dolche geschliffen sind. Wenn's noch lange geht, werden sie verrosten.«

»Ich weiß«, antwortete Atal. »Ich habe soviel Lust wie ihr, das Pack loszuwerden und bin in großer Gefahr, muss mich aber beherrschen. Wenn wir sie jetzt außerhalb des

Plans der Regierung angreifen, kommen morgen fünfhundert und massakrieren das ganze Dorf…«

»Das verstehen wir«, antwortete Paytal, »aber wir haben die Schnauze voll. Schau, was die Saukerle alles anstellen; sie nehmen uns nicht nur unsere Freiheit, steinigen Unschuldige, plündern die Läden und essen die Tiere der Bauern, sondern sie richten alles zu Grunde, alle Hoffnungen, alle Verbesserungen, die dein Kanal hätte bringen können, vernichten sie. Du hast sicher vom Projekt meines Neffen Yaluk vernommen. Er hat Wirtschaft studiert und wollte ein Netz von fünf sich ergänzenden Unternehmen aufbauen.«

»Ja. Es ist ein hervorragendes Projekt, das etwa fünfunddreißig Menschen Arbeit verschaffen…«

»Nun, er wird es nicht machen, weil er lieber eine Gelegenheit im Ausland suchen will. Und drei meiner Söhne, die daran hätten teilnehmen können, bleiben jetzt arbeitslos. Zudem sind drei Schwestern Yaluks letzte Woche ausgewandert, um anderswo ein menschenwürdiges Leben zu finden. Jetzt bleiben mein Bruder Skunal und seine Frau im Alter allein und arm, weil er seit seinem Unfall nicht mehr arbeiten kann. Ich hoffe, dass sie ihm wenigstens etwas Geld aus den Ausland schicken werden.«

Atal versuchte ihn zu beruhigen:

»Ich kann dir kein konkretes Datum für den Angriff nennen, sondern nur versichern, dass es sehr bald sein wird. Nachher wird wieder alles besser. Du wirst sehen…«

Erieel wurde langsam müde davon, die ganze Hausarbeit alleine machen zu müssen. Deshalb sagte sie eines Tages:

»Nischii, du läufst rum wie ein drogensüchtiges Gespenst. Wann willst du endlich landen und dich im Haushalt nützlich machen?«

Nischii fragte:

»Mama, wie war das mit euch?«

»Was mit wem?«

»Die Liebe zwischen dir und Papa, wie hat es angefangen?«

Erieel holte tief Atem und sagte:

»Ich war in deinem Alter und Papa war schon fast zwanzig.«

»Wann habt ihr euch zum ersten Mal geküsst? Und habt ihr bald Sex gehabt?«

»Darüber will ich nicht sprechen…«

»Bitte Mama. Ich mache mir Sorgen und habe ein wenig Angst, denn ich weiß sehr wenig über das Thema. Musst ja keine Einzelheiten erzählen.«

»Einverstanden. Ich glaube, du brauchst keine Angst zu haben. Meiner Meinung nach ist Rohak Atal sehr ähnlich. Wenn das so ist, wird er dich sehr glücklich machen.«

»Warum meinst du? Wie hat Papa dich glücklich gemacht?«

»Na gut, wenn du schon so insistierst, erzähle ich dir unsere Geschichte: Atal kam jede Woche nach Rakog auf den Markt, um Käse zu verkaufen. Als Verkäufer war er sehr charmant und lustig und hatte viel Erfolg. Bald interessierten wir Mädchen uns alle für „den Käse" und begannen, um seinen Stand zu streichen. Jene Zeiten waren noch besser. Es gab mehr Freiheit und ein Mädchen durfte allein mit einem Mann sprechen. Wir gingen eine nach der anderen mit Atal reden. Ich weiß nicht warum, aber er hatte nur Augen für mich und sagte mir schöne und liebe Dinge. Doch wir konnten uns nur an den Markttagen sehen. Ich war ein Bauernmädchen und musste tagsüber in den Bergen die Ziegen hüten. Manchmal war ich den ganzen Tag mit ihnen allein. Und siehe da, plötzlich erschien Atal ganz überraschend mit einem Blumenstrauß. Ich war so benommen, wie du es bist, seit Rohak um deine Hand angehalten hat. Wir haben ziemlich lange geredet und dann hat er mich geküsst… und zwar so, dass mein Körper Feuer fing… ein riesiges Glücksfeuerwerk… Aber plötzlich hielt er inne und sagte:

»Ein Zicklein schreit um Hilfe.«

Ich war so weg, dass ich es gar nicht gehört hatte. Es hatte ein Bein zwischen zwei Felsen eingeklemmt. Wir haben es befreit und dann ging Atal plötzlich, ohne sich zu verabschieden. Ich schrie ihm noch nach:

»Kommst du wieder?«

Er antwortete mit einem Lächeln:

»Vielleicht.«

»Wie grausam!« meinte Nischii.

»Ja. Zwei Tage und zwei Nächte lang wartete ich verzweifelt auf seine Rückkehr, ohne schlafen zu können. Am dritten Tag erschien er plötzlich wieder. Ich warf mich gleich in seine Arme.«

»Und… habt ihr Liebe gemacht?«

»Du fragst zu viel! Und ich erzähle schon zu viele Einzelheiten. Von jetzt an sage ich dir nur noch, was du brauchst, um eine gute Beziehung mit Rohak zu haben. Und ja, ich muss sagen, dass wir uns geliebt haben. Es war unglaublich! Ich verlor die Kontrolle über meinen Körper. Jede Faser in mir zitterte und bebte so wild, dass ich glaubte, verrückt geworden zu sein… verrückt vor Lust und

Liebe. Später habe ich erfahren, dass sehr wenige Frauen das Glück haben, einen Geliebten zu finden, der ihnen schon beim ersten Mal so viel Lust bereitet. Atal war ein wahrer Liebesmeister. Danach verschwand er wieder, ohne sich zu verabschieden. Ich rief ihm nach, wann er wiederkomme und er antwortete, er wisse es nicht. Als ich aber mit den Ziegen heimkam, war er bei meinem Vater und bat ihn um meine Hand. Wir haben bald geheiratet. Darauf folgten Jahre ständigen Glücks. Als ihr zwei zur Welt kamt, sagte man mir, dass ich keine Kinder mehr bekommen kann. Aber das hat unser Glück nicht betrübt. Die Fähigkeit, Lust zu empfinden, hatte nicht abgenommen und ihr beide erfülltet unsere Tage mit so viel Freude... bis er in den Krieg musste. Diese vier Jahre ohne ihn waren schrecklich. Ich musste mich allein um euch, um die Tiere und ums Haus kümmern. Zudem brannte mein Körper vor Lust und litt so schrecklichen Liebeshunger, dass er mit der Zeit wie betäubt wurde, ja sich sogar wie tot anfühlte. Die Jahre vergingen und ich verlor jede Hoffnung, Atal jemals wiederzusehen. Doch eines Tages stand er plötzlich vor mir in der Küche. Viele Männer kehren verstört oder sogar verrückt aus dem Krieg zurück. Nicht so Atal. Er hatte sich in jeder Hinsicht verbessert. Er sagte, das habe er Oorun und seiner Philosophie zu verdanken. Scheinbar enthielt diese Philosophie auch Sexualkunde, denn wenn ich schon vor dem Krieg unglaubliche Genüsse erleben durfte, so eröffnete sich uns nun eine riesige, vielfältige und reiche Welt ungeheuer intensiver Lüste.«

»Was hat er dich gelehrt?« wollte Nischii wissen.

»Ich erzähle dir keine Einzelheiten, aber er hat mir nicht nur Techniken gelehrt, sondern hat mir auch geholfen, die verborgenen Wünsche meines Körpers zu entdecken und auszudrücken, um sie dann zusammen zu befriedigen. Wie wundervoll!«

»Mama, ich hab da eine Idee.«

»Sag mal…«

»Papa könnte das alles den Jungen im Dorf beibringen, damit wir alle ein besseres Liebesleben genießen können, angefangen bei Rohak. Meinst du nicht?«

»Das wäre sehr gut, aber du weißt, was geschehen würde, wenn die Religionsfanatiker davon erfahren würden.«

»Wenn er nur Rohak allein unterrichtet, wird niemand davon erfahren.«

»Und findest du es nicht seltsam, dass der Schwiegervater dem Schwiegersohn Sexunterricht gibt?«

»Ja, stimmt. Lassen wir es.«

»Wenn ihr ins Ausland studieren geht, könnt ihr dort lernen.«

»Du hast Recht. Aber ich habe eine andere Idee…«

»Was für eine Idee?« hörten sie nun Atal fragen.

»Ah, hallo Papa… eine, bei der du uns helfen könntest.«

Die Frauen erklärten ihm kurz, worüber sie gesprochen haben. Dann sagte Nischii:

»Du könntest uns eine Liste von Büchern geben, die man über das Thema lesen sollte, um ein erfülltes Sexleben genießen zu können.«

»Gut. Ich werde eine Liste schreiben, aber eins müsst ihr immer in Erinnerung behalten…«

»Was Papa?«

»Wenn ihr das Thema der Lust und des Vergnügens behandelt, müsst ihr es immer im Kontext des Glücks tun. Deshalb schreibe ich oben auf die Liste einige Bücher, die helfen werden, euch in diese Perspektive zu versetzen. Lest sie zuerst und dann die anderen.«

»Und warum das?«

»Weil das Thema der Lust und des Vergnügens für sich allein gewöhnlich zu einem leeren und frustrierenden Gehäuse wird. Wer aber die Lust und das Vergnügen innerhalb einer kohärenten Philosophie des Glücks stärken und erweitern kann, erlebt Wunderbares.«

»Danke Papa. Danke Mama.«

In der letzten Woche des Schuljahrs begann Baz, Pläne für seine Zukunft zu schmieden. Das weckte Nischii auf. Sie dachte wieder an ihr Medizinstudium und an ihren baldigen Auslandsaufenthalt. Plötzlich bekam sie Panik und wurde vom Drang zu studieren beherrscht... und die ganze Familie folgte ihrem neuen Impuls.

Aber drei Tage später drangen die Fundamentalisten in die Schule ein und beleidigten und misshandelten den Lehrer vor seinen Schülern. Dann brachten sie alle Bücher auf den Schulhof, wo sie sie verbrannten, während sie schrien:

»Alle Bücher außer unser Heiliges Buch erzählen Lügen. Von jetzt an wird der Lehrer euch die einzige Wahrheit lehren, diejenige, die von Gott diktiert wurde. Sollte er es wagen, etwas zu lehren, was nicht im Heiligen Buch steht, erwartet ihn der Tod.«

133

»Gut, dass das Schuljahr zu Ende geht«, meinte Baz.

»Ja und wie sollen wir jetzt lernen?« wollte Nischii wissen.

»Wir haben noch das hier«, sagte Atal, während er sieben Philosophiebücher hochhob.

»Wir vier können sie zusammen lesen und darüber debattieren. Was wir nicht verstehen oder wenn wir uns nicht einig werden, schreiben wir diese Punkte auf und ich frage dann den Lehrer. Außerdem hast du das Medizinbuch, das ich dir gebracht habe Nischii.«

Bei all diesen immer schlimmer werdenden Umständen beharrte Atal in der Rolle eines selbstsicheren und fröhlichen Vaters. Aber seine innere Stärke und sein Aushaltevermögen kamen oft an ihre Grenzen. Während er einerseits sehnlichst auf den Befehl wartete, die Fundamentalisten auszulöschen, bereitete er immer neue Einzelheiten für diesen Angriff vor, versammelte sich immer wieder mit den Männern, organisierte und reorganisierte das Vorgehen jedes Einzelnen und besprach mit ihnen Alternativen, falls etwas schief gehen sollte. Er wollte unter allen Umständen Opfer unter den eigenen Leuten vermeiden und sich gleichzeitig einer totalen Niederlage des Feindes sicher sein.

Andererseits blieb nur noch sehr wenig Zeit bis zum Sommerfest und während er Angriffspläne schmiedete, organisierte er insgeheim Fluchtpläne. Er rechnete, dass man ihn und seine Familie drei Tage vor der Hinrichtung verhaften würde, um sie noch zu foltern und das Schauspiel rechtzeitig ankündigen zu können. Deshalb dachte er, sie müssten sicherheitshalber fünf Tage vor dem Fest in die Hauptstadt fliehen. Er wusste genau, welcher Tag gerade war, aber trotzdem schaute er im Kalender nach.

»Es ist heute!« sagte er erschrocken, als hätte er es nicht gewusst. Trotzdem reagierte er richtig und benutzte die Gelegenheit, dass Nischii und Baz im Studierzimmer spielten, um schnell zu Erieel zu gehen.

»Bitte, komm einen Augenblick mit mir.«

Er nahm sie am Arm und führte sie unter die riesige Eibe, welche seit undenklichen Zeiten das Haus bewachte. Sie setzten sich auf den langen Fels, der als Sitzbank diente. Dies war ihr Lieblingsort. Erieel sagte:

»Wir haben schon so lange nicht mehr hier gesessen. Wie schön das doch ist… das Tal von hier aus gesehen… das Dorf… unser Heim… ich kann mir nichts Schöneres vorstellen. Was für ein Glück wir haben! Jetzt müssen uns nur noch die verrückten Fanatiker und die Fundamentalisten in Ruhe lassen, dann können wir glücklich leben und das hier wieder öfter genießen.«

»Darüber muss ich mit dir reden. In der Hoffnung, das Problem lösen zu können und dir Sorgen zu ersparen, habe ich dir bisher nichts gesagt. Wir haben ein riesiges Problem.«

Nun erzählte Atal seiner Frau vom Angriffsplan der Regierung, von den Absichten Tunars, Zakras und der Fundamentalisten, ihnen das Haus, das Land und das Leben zu nehmen, von Khwazuns Angebot, sie aufzunehmen und ihnen danach alles zurückzugeben.

»Wenn der Angriffsbefehl in den nächsten Stunden nicht kommt, müssen wir heute Nacht fliehen.«

Erieel war wie versteinert, doch nur ein paar Tränen zeigten ihre riesige Trauer.

»Es tut mir so leid«, versuchte Atal sie zu trösten. Aber Erieel sagte, als hätte sie es nicht gehört:

»Ich hoffe, du findest die Möglichkeit, all diesen Abschaum zu vernichten.«

»Ich schwöre dir, dass ich das tun werde.«

»Und wann sagen wir es den Kindern?«

»Nach dem Abendessen. Dir habe ich es jetzt erzählt, damit du mit den Vorbereitungen anfangen kannst. Sobald es dunkel wird, fliehen wir zu Fuß. Wir gehen an der Zedernwiese vorbei zur Höhle hinauf, um die Ziegen freizulassen. Dann gehen wir durch die Berge bis nach Rakog. Von da aus kann dein Bruder uns auf Seitenstraßen Richtung Hauptstadt fahren. Das letzte Stück machen wir dann mit dem Bus.«

»Und warum lassen wir die Ziegen nicht in der Höhle und sagen dann meinem Bruder, er soll sie zu sich nach Hause nehmen.«

»Das ist eine sehr gute Idee! Jetzt müssen wir schnell machen. Die Kinder werden schon auf das Mittagessen warten. Am Nachmittag, wenn Baz nicht da ist, kannst du die Rucksäcke mit dem Unentbehrlichen vorbereiten. Meinen mache ich selbst, denn ich muss Waffen und Munition mitnehmen. Tue vor den Kindern so, als sei alles normal. Komm, lass uns gehen!«

Erieel stand auf und brach fast zusammen. Sie hatte Mühe zu atmen. Atal stützte und ermunterte sie, bis sie aufhörte zu zittern und sagte, dass es wieder besser gehe.

Als Baz am Nachmittag zu den Ziegen ging, öffnete Atal im Hinterhof das unterirdische Waffen- und Munitionsversteck. Er nahm die Pistole und zweihundert Schuss Munition für sie sowie zweihundert für das Gewehr. Gerade als er die Steinplatte zurück auf das Loch bewegen wollte, hörte er einen herzzerreißenden Schrei von Nischii:

»Papaaaaaaaaa! Komm schnell! Mama geht's nicht gut.«

Atal rannte ins Haus. Erieel lag auf dem Küchenboden und atmete sehr mühsam.

»Was hast du, Erieel?«

Sie schaute ihn an und wollte etwas sagen, aber ihre Worte erstickten in ihrer Brust.

»Hast du etwas geschluckt?«

Sie verneinte mit einer Kopfbewegung.

»Beruhige dich. Atme ruhig, meine Liebe. Es wird gleich vorübergehen. Komm, ich setze dich, damit du leichter atmen kannst.«

Es wurde nicht besser. Erieel rang mit aller Kraft verzweifelt nach Luft. Als es noch schlimmer zu werden schien, sagte Atal:

»Nischii, pass auf sie auf! Ich hole den Arzt.«

Er sprang auf, um schnell ins Dorf zu laufen, stolperte aber dabei, fiel um und schlug mit dem Kopf auf die Ecke einer Holzkiste auf. Er blieb unbeweglich liegen und um seinen Kopf bildete sich eine Blutlache.

»Papaaa! Oh, nein! Papaaa, wach auf!« schrie Nischii, doch er erwachte nicht… nicht einmal, als sie ihn heftig schüttelte.

»Jetzt muss ich den Arzt holen… kann aber nicht. Wenn die Fundamentalisten mich sehen, werden sie mich verhaften«, sagte sie sich verzweifelt. »Aber jetzt ist gerade Gebetsstunde. Sie sind im Tempel und es besteht keine Gefahr.«

Erieel bewegte sich kaum noch. Nischii sagte zu ihr:

»Halt aus Mama. Ich hole den Arzt.«

Dann rannte sie ins Dorf hinunter. Aber gerade an jenem Tag war Khark nicht in den Tempel gegangen. Er sah Nischii kommen, versperrte ihr den Weg und hielt sie fest.

»Wohin geht die schöne Dame? Ah ja, du suchst mich! Man merkt dir an, dass du Lust hast, mit mir zu schlafen, du Hure!«

In Todesangst versuchte Nischii, sich mit aller Kraft zu befreien. Sie zerrte, schlug auf Khark ein und schrie um Hilfe. Dann rief sie den Leuten zu:

»Meine Eltern sind am Sterben. Holt bitte den Arzt und geht mit ihm in unser Haus, um ihnen zu helfen.«

»Schweig, du blöde Hure!« schrie Khark sie an, während er ihr einen Faustschlag ins Gesicht verpasste.

»Beruhig dich! Du wirst sehen, wie schön es ist, von mir gefickt zu werden. Und morgen werden wir dich steinigen.«

Bei der Ankunft der Nachbarn mit dem Arzt war Erieel tot. Der Doktor untersuchte Atal und sagte dann:

»Seine Verletzung ist nicht schlimm. Er wird bald aufwachen. Legt Erieel bitte ins Bett. Dann könnt ihr gehen. Ich kümmere mich um Atal.«

Als Baz nach Hause kam, war sein Vater wieder bei Bewusstsein. Noch voller Blut weinte er am Bett über Erieel gebeugt.

»Und wo ist Nischii?« fragte Baz.

Der Arzt erklärte ihnen, was im Dorf geschehen war.

»Oh nein!« sagte Atal. «Komm Baz! Gehen wir schnell!«

Sie liefen zum Gemeindehaus, bereit Khark zu töten, um Nischii zu befreien. Aber unglücklicherweise waren die Soldaten schon aus dem Tempel zurückgekehrt. Nun zielten sie mit ihren Maschinenpistolen auf Vater und Sohn. Khark kam raus, sichtbar erfreut, den mächtigsten Mann des Dorfes so verzweifelt zu sehen. Er fuhr sie an:

»Was tut ihr hier? Los, verschwindet!«

»Hör bitte… Nischii… meine Tochter…«

»Du meinst die wollüstige Hure. Sie kam allein ins Dorf, um sich mir anzubieten. Morgen früh wird sie verrecken…«

»Nein, bitte! Hab erbarmen!«

»Oh, schaut, wie der Hund jetzt winselt und heult, ha, ha, ha… Ich habe Lust, dir eine Kugel in den Bauch zu schießen, um zu sehen, wie du langsam qualvoll krepierst… und werde es bald tun, aber vorher wirst du den Tod deiner schönen Hure erleiden. Und jetzt verschwindet endlich!«

Die Soldaten zielten auf sie und verpassten ihnen Fußtritte, bis sie weggingen.

Khark wusste, dass Atal alles unternehmen würde, sogar einen Angriff mit einigen Männern des Dorfes, um seine Tochter zu retten. Deshalb stellte er eine starke Wache auf mit dem Befehl, auf alles zu schießen, was sich in der Nacht in der Umgebung bewegt. Zudem bot er wieder die gleichen Truppen auf, die schon zu Ranguls Steinigung außerhalb des Dorfes bereitstanden.

Als Atal und Baz nach Hause kamen, wartete Rohak verzweifelt auf sie. Er sagte:

»Ich bin gekommen, um zu helfen. Wie befreien wir sie?«

Atal schaute ihn mit leeren Augen an und antwortete mit gebrochener Stimme:

»Es gibt keine Möglichkeit, sie zu befreien. Alles ist verloren. Khark ist ganz scharf darauf, dass wir angreifen, um einen Grund zu haben, das halbe Dorf umzubringen. Außerdem wäre Nischii das erste Opfer. Deshalb verbiete ich dir jegliche Aktion. Du weißt, ich würde mein Leben für Nischii opfern, aber nicht einmal das kann ich jetzt tun. Geh bitte nach Hause! Danke, dass du gekommen bist.«

Verzweifelt und völlig niedergeschlagen trennten sie sich im Wissen, dass Nischii unter einem Steinhagel sterben wird.

Aber Rohak unternahm einen letzten Versuch, seine Liebste zu retten. Er ging zu seinem Vater und flehte ihn an, er soll bei Khark um Gnade für das Mädchen bitten.

»Und warum interessierst du dich plötzlich für diese Hure?« antwortete der Vater. »Also stehst du aus gutem Grund auf der Liste der Verdächtigen. Du hast dich mit diesen Ungläubigen verbündet. Pass auf, es könnte dir nämlich Ähnliches geschehen wie ihr. Ich werde dich nicht verteidigen, wenn bewiesen wird, dass du gegen Gott bist. Morgen wird die Hure sterben; mich freut es und ich hoffe, dass es für dich eine Lehre ist.«

Atal und Baz erwartete die lange Nacht des Leidens. Sie weinten um ihre verlorene Ehefrau und Mutter, um ihre Liebe und Zuneigung, ihre Fürsorge, ihre Kochkunst, ihr fröhliches Wesen und ihren Stolz, dass sie lesen konnte. Sie litten, weil sie diesen sinnlosen Tod inmitten eines erfüllten Lebens nicht verstehen konnten. Erieel hatte das Haus mit Glück und Freude erfüllt und ließ nun leere Wände zurück, an denen der Schmerz der Männer widerhallte.

Und viel größer war das Leid und die Trauer um Nischii, die Edelste, Schönste und Intelligenteste in den Händen der schlimmsten Bestien. Sie litten mit ihr unter den Beleidigungen, den Schlägen, der Scham des Missbrauchs, der Vergewaltigungen, der Schändung der Allerbesten durch den abgründigsten Dreck der Menschheit. Sie erlitten ihre Verzweiflung, ihren Schmerz, ihre Ängste und ihren Wunsch, dass alles so schnell wie möglich zu Ende geht.

Und sie litten unter ihrer eigenen Ohnmacht und der ungeheuren Ungerechtigkeit, dieser Ohnmacht ausgesetzt zu sein. Atal kamen hundert Ideen, wie sie Nischii befreien könnten und er verzweifelte nach jeder, die er verwerfen musste. Er dachte sich weitere hundert Wege aus, wie sie die Fundamentalisten hintergehen oder töten könnten, ohne dass Nischii zu Schaden kommen würde; alle waren undurchführbar.

Sie weinten um Nischiis sinnlos verlorenes Leben, um ihre verlorene Freude auf das Studium, um einen großen Menschen und eine hervorragende Ärztin, um die verlorene Heilung unzähliger Patienten, um die Liebe eines Paares und dessen Kinder, um eine bessere Welt… alles für immer verloren.

Und noch viel mehr litten sie, mit Nischii erleben zu müssen, wie geistesgestörte, feige, lebensfeindliche, vor Fanatismus halluzinierende „Männer" ihr die Hände banden und wie ihre geliebte Tochter und Schwester dann unter einem schwarzen Tuch ausharren musste.

Dann der ungeheure Schmerz des ersten Steins, der – geladen mit Hass, Wahn und religiösem Delirium – im Rücken einschlägt; und des zweiten am Ellbogen; und allen anderen, in der Brust, am Kiefer, den Rippen, der Wirbelsäule, im schon zerquetschten Gesicht… bis es keine Steine mehr gibt, der Tod aber noch nicht gekommen ist, das Leid noch nicht beendet ist und nur noch der unendliche Schmerz unter der brütenden Sonne bleibt.

Niemand kam zur Beerdigung der beiden Frauen. Mit den Fundamentalisten im Dorf trauten die Leute sich nicht, eine wegen Unzucht Verurteilte zum Abschied zu ehren. Obwohl er mit seinem Sohn zusammen war, fühlte Atal sich so einsam, so verlassen, gebrochen, leer und gleichzeitig so schmerzerfüllt wie noch nie im Leben. Baz war so betäubt, dass er vollständig abwesend wie tot seinem Vater folgte.

Als sie mit der Beerdigung fertig waren und sich zum letzten Mal von ihren Geliebten verabschiedet hatten, fasste Atal ihn an den Armen, schüttelte ihn heftig und sagte laut:

»Baz! Baz, hör mir zu! Baz, hörst du mich?«

Da kam der Junge wieder zu sich:

»Ja Papa… ich will sterben…«

»Nein!!! Du darfst jetzt nicht sterben!!! Verstanden?«

»Ja Papa.«

»Heute Nacht wird es Krieg geben… deine erste Schlacht…«

»Jawohl Papa.«

Die ersten Strahlen der aufgehenden Sonne trafen Atal und Baz am Rücken, als sie auf einem alten Laster die Grenze überquerten.

Zur gleichen Zeit fanden die Frauen, welche am Brunnen Wasser holten, Sabawoon Khark neben dem Abfluss, mit gespreizten Armen und Beinen an vier Pfosten gebunden, im Dreck liegend, den Mund geknebelt, mit schmerzverzerrtem Blick und zitterndem Atem. Sein Bauch war aufgeschlitzt und die Därme quollen raus. Die Tiere hatten an einem Fuß, einem Schenkel und seiner linken Wange geknabbert. Sein letzter Atem entwich ihm unter einem Spuckeschauer der Frauen.

Bald darauf bemerkte jemand, dass der Wächter des Gemeindehauses fehlte, dessen Tor offen stand. Er rief die Nachbarn und zusammen traten sie vorsichtig ein. Alle Fundamentalisten lagen mit durchschnittener Kehle auf dem Boden rum.

»Gott ist groß!« riefen sie. »Endlich ist Gerechtigkeit geschehen.«

Etwas später kamen die Frauen der sieben Fanatiker, welche an der Steinigung Nischiis teilgenommen hatten, auf den Platz und sagten, ihre Männer seien verschwunden. Die Leute suchten überall. Erst am Nachmittag fanden sie sechs von ihnen, ertrunken im Reservoir. Nur Rohaks Vater fehlte. Atal und Baz hatten ihn nirgends gefunden, um ihn zusammen mit den anderen ertränken zu können. Rohak war schneller gewesen. Er hatte ihm mit einem Stein den Schädel eingeschlagen und ihn dann in einem Gebüsch versteckt. Auch mit der Flucht war er ihnen zuvorgekommen und reiste nun auf einem anderen Laster etwa eine Stunde vor ihnen in die gleiche Richtung.

Vater und Sohn schliefen mit dem Gebrumm des Lasters ein wenig – zum ersten Mal seit drei Tagen. Beim Erwachen bemerkten sie, dass sie auf einer besseren Straße schnell vorwärts kamen. Nach einer Weile stillem Dasitzen fragte Atal:

»Möchtest du etwas essen?«

»Nein danke, Papa.«

Da sah Baz ein zugeschnürtes Paket im Rucksack seines Vaters.

»Was ist das?« fragte er mit einer Gesichtsbewegung auf das Paket hin.

Atal nahm es raus, schütze es mit seinem Leib vor dem Wind, öffnete es und sagte.

»Schau!«

»Ooruns Bücher! Aber du kannst sie doch gar nicht lesen!«

»Doch ich kann. Erinnerst du dich an die Tabelle mit verschiedenen Schriften, die du von der Schule brachtest? Ich habe zwei Alphabete gelernt. Und du wirst es auch tun. Oder meinst du, die Anderen werden unsere Sprache lernen, um mit Herrn Baz sprechen zu können? Schau, es ist gar nicht so schwierig. Dieser Buchstabe heißt ‚N‘, sag ‚N‘!«

»N.«

»Und das ist ein ‚I‘…«

»NI… wie Nischii!« sagte Baz betroffen.

Ja, aber dann kommt ein ‚E‘, NIE… dann ein ‚T‘. Sag ‚NIET‘.«

»NIET.«

»Und nun ‚Z‘…«

»Papa«, unterbrach Baz, während er seine Hand auf die des Vaters legte und ihn mit Tränen in den Augen anschaute, »ich hatte sie so lieb…«

»Ich weiß, mein Sohn, ich weiß. Ich auch…«

»Ich wollte nur den ersten Stein werfen, um ihr Schmerzen zu ersparen.«

»Ich auch, lieber Baz, ich auch.«

Zeitfracht Medien GmbH
Ferdinand-Jühlke-Straße 7
99095 Erfurt, Deutschland
produktsicherheit@kolibri360.de